宥娜

PROFILE

- 身分：御主
- 從屬式神：宮本次郎

長相神似羅娜，實力強大，性格冷漠毒蛇。似乎和羅娜的父親有著不一般的關係。

所羅門

PROFILE

⚜ 身分：御主

聖王學園的校長。
外表英俊、性格神秘，受到眾多女同學的喜愛。

GOBOOKS
& SITAK
GROUP©

GOBOOKS
& SITAK
GROUP©

三日月書版

三日月書版

volume.03
帝柳
Illust.
JNE*
少女王者
三日月書版

CONTENTS

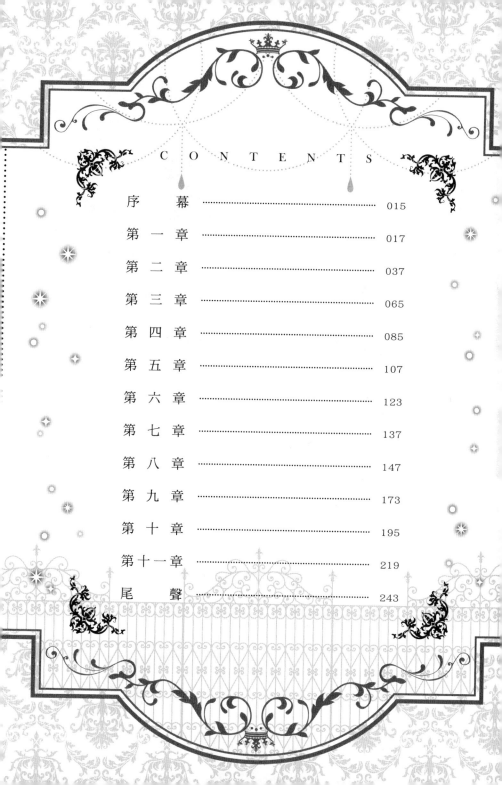

羅娜

PROFILE

⚜ 身分：御主

⚜ 從屬式神：巴哈姆特、法哈德

帥氣的十九歲美少女，個性好強，感情方面意外遲鈍。
為了進入聖王學園，努力扮演清純可愛的「娜娜醬」，但總是不知不覺暴露本性。

巴哈姆特

PROFILE

- 身分：式神
- 式神等級：R級(SSR級)

羅娜的從屬式神，原本是SSR級的強大式神，後因某些緣由降為R級。
依靠俊帥霸氣的外表收獲不少迷妹粉絲，實際上是一隻喜歡調戲羅娜的老色龍。

法哈德

PROFILE

- 身分：式神
- 式神等級：SSR級

編號001的人造人，由羅娜的父親所創造，名字源於阿拉伯語的「豹子」。
被靈人界稱為「漆黑的深淵魔王」，喜歡稱呼羅娜「我的百合花」。

星滅

PROFILE

⚜ 身分：御主▶式神
⚜ 從屬式神：緋色戰狼(曾經)

偽裝成普通學生「蔣冽」，真實身分是影狼族後裔，在複賽中被法哈德殺死。
個性調皮惡劣，喜歡調戲羅娜，總是稱呼她為「娜娜醬」。

賽菲

PROFILE

⚜ 身分：御主

實力強勁，以第一名的傲人成績通過聖王學園入學考。
說話毒蛇，個性高冷驕傲，似乎把羅娜當成有趣的小動物。

序幕

Scepter of Rose King

曾經跟爸爸說，自己要是有一個姐妹該有多好。

爸爸無奈地苦笑：「傻孩子，妳現在不可能有姐姐，只會有妹妹了。」

「妹妹？羅娜會有妹妹嗎！」抱著毛茸茸兔子玩偶的小羅娜，一對水汪汪的大眼裡，彷彿布滿漫天的星子，閃閃發光。

看著一臉稚氣、露出無邪笑容的女兒，羅娜的父親莞爾一笑：「呵呵，難說喔。不過……要是羅娜很乖，而且願意擔當起照顧妹妹的責任，爸爸會跟媽媽一起考慮看看。」

「好！羅娜一定會當個乖孩子！我一定會好好照顧妹妹的！」

小羅娜握緊拳頭，用再認真不過的口氣對著父親宣示。

看著女兒，羅娜的父親伸出手來，溫柔地摸了摸她的頭：「好好好，爸爸記住妳說的話了，爸爸會努力讓妳有一個妹妹……」

口吻溫柔得近乎融化，這句話一直銘記在羅娜的心中。

一直，一直。

第一章

Scepter of Rose King

不知為何，她會在這時候想起想要有個妹妹的往事。

當羅娜看到眼前這名少女之際，說也奇怪，她的腦海裡就突然浮現了這段回憶。

雙眼赤紅，一頭亮麗的黑色直髮散落腦後，身穿聖王學園制服的少女，持著武士刀對準羅娜。

「我的名字是『宥娜』——和我有著如此相似的名字……不，是和我如此相似的妳，本就不該存在。」

比羅娜還要冷酷霸氣，比羅娜的氣場更加強大，這名少女，用毫無起伏的音調對羅娜說出自己的名字。

「宥娜……？」

忍不住跟著重複對方的名字，羅娜還有些反應不過來，她眨了眨眼，一時間竟不知所措。直到後頭傳來腳步聲，以及吶喊詢問的聲音。

「羅娜同學，妳別一個人直闖而入啊……咦？」

安莎莉氣喘吁吁地從後頭跑了過來，她正要好好念羅娜一頓，一抬頭就見到站在前方、與羅娜長相極為神似的「宥娜」。

「這、這到底是怎麼回事？我怎麼沒聽說過羅娜同學有雙胞胎姐妹……」安莎莉錯愕地睜大雙眼，對自己親眼所見的景象感到難以置信。

「別問我，我也不懂，更沒雙胞胎姐妹。」安莎莉出現後，羅娜這才回過神來。

她板著一張臉，腦海中暫時拋開與父親的那段回憶……然而，眼前這名叫「宥娜」的少女，實在是與她過分相似，無論是誰都會有和安莎莉一樣的反應吧。

其實，她才是最想知道是怎麼一回事的人啊！

「難不成，老爸真有一個不為人知的私生女……」

「最好有啦！給本龍王振作點！羅娜！」正當羅娜腦海裡剛產生那樣的念頭時，巴哈姆特立刻給她一記當頭棒喝。

「我的百合花，根據我對教授……也就是妳父親的了解，那是絕對不可能的事……」

就連法哈德也難得說出和巴哈姆特一樣的話。

「那究竟要怎麼解釋這個情況？這個幾乎和我長得一模一樣的傢伙是從哪蹦出來的啊？」

雖然羅娜也不想懷疑自己的親爹，但她實在找不到其他理由了。

「羅娜，這世界上有很多很難解釋的事情，這或許只是巧合，本龍王勸妳還是別糾結了。」巴哈姆特話鋒一轉，「倒是妳這傻女人，妳若不打算進攻的話，本龍王就替妳行動了！」

「給我等一下，巴哈姆特！」就在巴哈姆特打算朝宥娜出招之際，羅娜突然厲聲叫住他。

「羅娜！」

被強行阻止進攻，巴哈姆特當然很不是滋味，他向來篤信著先發制人、力量至上主義，不管這個叫宥娜的女人是何種來歷，總之，先將她打倒後再質問不是比較安全嗎！

「給我退下，巴哈姆特，到底你是御主，還是我才是御主？」羅娜板著一張嚴肅的臉，口氣冷酷地對巴哈姆特下令。

「可是……」

「退下！難不成要我對你使用式咒？」

「唔！」

被羅娜這麼一說，巴哈姆特頓時啞口無言，沒想到羅娜竟連「式咒」都搬了出來。對每一個式神來說，他們都清楚「式咒」的意義有多麼重大，一旦御主對式神使用「式咒」，式神就得立刻按照御主的命令行動，是一種完全無法反抗且即刻強制執行的強大咒語。

相對地，這種強制性的咒語既然力量大到可以驅使式神，當然也會為御主帶來負面的效果。不僅會讓御主感到疲累，有的甚至會暈倒昏厥。所以使用一次「式咒」，御主都必須花非常多的時間恢復靈力。

換句話說，除非逼不得已，御主並不會隨意對式神使用「式咒」。

「羅娜同學……妳到底想做什麼？」在旁看著的安莎莉，一手揪著緊繃的胸口，表情緊張。她本來也想過要不要直接召喚出自己的式神應戰，但是看到羅娜反其道而行，安莎莉反倒不敢輕舉妄動了。

羅娜還未做出回應，站在高處、背對窗外陽光的少女，一手扠著腰，用冷冰的口吻對著羅娜道：「妳還算有膽識，稍微對得起這張臉跟這個名字。」

「那當然，我怎麼能輸給妳這個冒牌貨。」

「妳說誰是冒牌貨？妳這渾身上下都散發出愚蠢的女人。」

「哈啊？什麼愚蠢？我才不蠢……不對，我才不會受妳挑釁！」先是愣了一下，差點就要掉入對方的陷阱，羅娜趕緊話鋒一轉，「妳說妳叫宥娜，妳到底是什麼身分？這場爆炸是妳引起的嗎？還有，那張塔羅牌又是什麼意思！」

一鼓作氣把所有疑問都丟了出來，在羅娜眼中，這名少女身上有著太多謎團，而她恨不得即刻得到所有答案。

「我憑什麼回答妳的問題？」宥娜將原本垂放而下的武士刀再次舉起，將凜冽的刀鋒對準羅娜：「若妳有本事，儘管來打倒我吧，到時候我再考慮要不要回答妳的問題。」

話音才剛落下，宥娜又補上一句：「別表現得讓人失望了，弱者可不配當『皇帝』的後人。」

「『皇帝』……妳果然知道什麼，妳知道關於我老爸的事情對不對！」

當宥娜一提及關鍵字，羅娜馬上又想起了那張塔羅牌，以及在她回憶裡、歷歷在目的場景。

打從一見到宥娜的當下，她就有所感覺，強烈的直覺告訴她，這女人知道的真相，或許是能夠解開當年慘案的重要線索！

對羅娜來說，過去也不是沒有著手調查，但在自己能力所及的範圍內徹底調查，也不曾聽說過像宥娜這樣的人存在。

至於「皇帝」這張牌……也是最近才回想起來。彷彿她的記憶是破碎的，當初很多事情似乎都沒有完整地記在心底。

她的父親，究竟和這張牌有何牽連？

這張牌的背後，又象徵著什麼？

是單純的符號？是占卜命運？又或者是暗示著某個組織？

明明是為了將真相抽絲剝繭，沒想到不僅沒有抽到絲，還把這個繭纏得更厚了。

「愚蠢如妳，不配得到答案。我說過，除非妳能打倒我，或許我還能考慮回答妳。至於這場爆炸……哼，是我幹的那又如何？」

「妳這是惡意破壞校園！妳應該也是聖王學園的學生吧？怎麼可以這麼做！」安莎莉握緊拳頭，終於忍不住地出了聲，對著前方的宥娜大喊。

「哦？小老鼠說話了呢。也是，我從過去就一直很困惑，安倍怎會有妳這樣無能的妹妹。」宥娜將血紅色的雙眼轉而看向安莎莉，這對血色雙眸，是她與羅娜之間最大的不同。

「我……」

「別受她的言語挑釁，安莎莉。」羅娜反過來安撫安莎莉，雖然她也好幾次險些被宥娜的話語挑起慍火。

「原來還挺保護朋友的，不過這種非必要的感情，以及這種懦弱的朋友根本不需要。」宥娜冷冷地看了羅娜一眼，血紅色的雙眸之中充滿輕蔑與冷酷。

「我的交友狀況輪不到妳來說三道四。既然妳什麼都不願回答，那麼就如妳所願吧。」

「羅娜同學，難道妳打算……」安莎莉一手揪在胸前，眼神不安地注視著羅娜的背影。

「安莎莉，退下，這是我的戰鬥，妳沒必要跟著捲進來。」羅娜的手向後揮了揮，雙眼則堅定地盯著前方的宥娜，語氣堅決。

「這怎麼行，她也是聖王學園的學生，校內明文規定禁止學生之間私鬥啊！這裡剛發生爆炸，一定很快就會有校方的人來查看，要是讓他們看見妳們在打鬥的話……」

「妳還真是傻，別阻礙我跟這個冒牌貨之間的戰鬥了。爆炸聲都過了這麼久，連一個校方的人影都沒有看到，妳都沒有察覺嗎？」宥娜聳了聳肩膀，對安莎莉的擔憂嗤之以鼻，「這很明顯——是、校、方、故、意、縱、容。」

「妳說什麼……？校方怎麼可能會做出這種事……而且還是在新生入學的第一天……」

聽了宥娜的話，安莎莉才恍然明白，確實如對方所言，若以聖王學園的作風，校內發生了這麼明顯的爆炸事件，照理來說，校方的人應該第一個趕到現場。

就算真的比他們要慢一步，也不至於到現在都還沒看到半個人影……

對了，在她跟著羅娜進來之前，好像看到校方似乎在封鎖現場……

一想到這裡，安莎莉猛然倒抽一口氣，瞳孔微微收縮：「難道說，校方刻意封鎖現場，只為了要……這、這怎麼會……」

「現在才明白過來，實在太過愚蠢了。」宥娜斜眼看了安莎莉一下，再度將話鋒與刀鋒轉向羅娜：「來，我就在這裡，等著妳這個冒牌貨來挑戰。若有本事，儘管從我這裡得到妳渴望的答案。」

「哈？到底誰才是冒牌貨，現在就讓妳認清這個事實！」羅娜捲起一邊的袖子，認真地向在一旁沉默許久的巴哈姆特下令：「我，羅娜，以御主的身分允許龍王巴哈姆特，顯露出你的真正寶具！」

「遵命，我的御主——龍王巴哈姆特，寶具限制令解除。顯現吧，吾之爪、吾之獠牙！」一接收到羅娜的指令，巴哈姆特立即展開動作，他一個跳躍，向前騰空，朝著宥娜的方向發動攻擊：「寶具——地獄業火龍牙！」

伴隨緋紅色龍炎的黑色大鐮刀，毫不猶豫地往宥娜的所在之處揮去！

「就這點本事，難怪是冒牌貨。」

面對那把充滿壓迫感且殺傷力強大的黑色鐮刀，宥娜非但沒有閃躲，反而面無表情地站在原地，像是刻意等候著巴哈姆特的攻擊！

「那傢伙完全沒有要閃躲的意思？」

羅娜見到對手毫無閃避的跡象，心想這傢伙若不是傻了，就是對自己的能力很有自信。從宥娜的神情看來……很顯然是後者！

另一方面，巴哈姆特也看出宥娜那份游刃有餘的從容，只是他也非膽小怯弱之輩，既然背負著御主的命令，唯有為御主徹底打倒敵人才是唯一的真理！

當巴哈姆特那把由龍牙鍛造的黑色巨鐮，即將朝宥娜砍下之際，忽然一道身影迅速從宥娜的武士刀中衝出，以空手之姿接下了巴哈姆特的鐮刀！

看到這一幕，無論是巴哈姆特、安莎莉或是羅娜，皆詫異地睜大雙眼，彷彿空氣都在這一刻凝結了一般！

「這就是……她的式神……？」安莎莉愣愣地眨了眨眼睛，胸口的心跳加快，顯得更加緊張。

「居然寄宿在武士刀之中嗎……這還真是少見的寄宿型式神……」在安莎莉之後，羅娜也跟著喃喃自語。打從她正式擁有自己的式神以來，一路上在聖王學園的入學考試中，也見識過不少對手，這還是她頭一次看到寄宿型的式神！

「我的式神，宮本次郎。他說妳家的式神很弱呢，冒牌貨。」

「什麼！」

聽到宥娜這麼說的同時，宥娜口中的式神「宮本次郎」竟看似輕鬆地將手裡的鐮刀翻轉，將之反彈拋出！

在反彈的瞬間，握持鐮刀的巴哈姆特也跟著被震開！

「這傢伙……不是普通的式神……」被迫和宥娜拉開距離，巴哈姆特將手裡的鐮刀用力地插在地面，咬牙切齒說道。

即便有些不甘心，但他確實見識到了宥娜的實力。雖然目前僅僅只是接下他這一招，巴哈姆特卻有預感，接下來的戰鬥將會十分棘手——倘若此人認真起來，只靠他現階段力量恐怕是不夠的。

「宮本次郎……這名式神很可能是ＳＲ……不，應該是ＳＳＲ等級的式神！」安莎莉臉色刷白，聲音有些顫抖地說出她的推斷。

「ＳＳＲ……妳說這看起來怪裡怪氣的傢伙是這麼高級的式神？」

即便聽到安莎莉所說的話，羅娜仍不氣餒，對向來骨子強硬的她，哪有剛開打就先認輸的道理！

縱使她真的這麼想好了，以巴哈姆特身為龍王的傲氣，也絕不可能低頭！

「那麼，就讓妳這個冒牌貨見識一下次郎的能耐好了……讓妳和妳的式神都用身體清楚地記下，ＳＳＲ級式神跟Ｒ級式神之間的差距——」口吻冷冽，宥娜依然以睥睨的姿態對著羅娜等人說話。接著，她微瞇雙眼看向自己有著一頭烏黑長髮、梳綁高馬尾的式神，「次郎，展現你如燕子般的敏捷與果斷殺伐之力——我，宥娜，以御主的身分允許你，人中劍豪宮本次郎，顯露出你的真正寶具！」宥娜原先還眼簾半掩的雙眸，忽然一個口氣急轉，同時雙眼睜大，充滿殺氣地震聲下達指令！

「遵命，在下的御主——人中劍豪宮本次郎，寶具限制令解除。顯現吧，飛燕之刀，斬斷一切之刃！」

一身東瀛風的和服裝扮，有著清秀俊逸的臉蛋、雙眼緊閉的男性式神，握直手裡的武士刀，大喝一聲！

剎那，一陣威壓與氣旋同時從宮本次郎的身上強烈地發散而出，就連與他有些距離的羅娜和安莎莉都被這股氣流吹得頭髮飛揚，安莎莉更是打從心底地感覺到懼怕！

在安莎莉的眼中，這名叫宮本次郎的式神，雖然雙眼緊閉、簡樸安靜，乍看之下如潭水般寂靜無波，但這水底下卻暗藏著難以評估、足以吞滅他人的漩渦！

可怕，太可怕了！

羅娜同學若與他為敵，真的很難戰勝他啊！

顫抖著雙手，安莎莉微啟雙唇，似乎掙扎著要不要做出某個決定。

「我……我到底該不該出手幫忙羅娜同學……小狐……請你告訴我……」

「主人……小狐無法幫您做決定，因為能做決定的只有您自己。」在安莎莉體內、稱呼安莎莉為「主人」的小狐，輕聲地回應安莎莉的問題。

「只有我能夠決定……？」

一邊看著羅娜指揮著巴哈姆特和宮本次郎戰鬥，眼睜睜看著兩者實力懸殊，導致巴哈姆特節節敗退的模樣，一邊煎熬地聽著自家式神的回答。

「小狐只是您的式神，主人自己的事情，能夠決定以及承受結果的也只有主人而已。小狐無法替您承擔，只能在您需要我的時候出來和您一起戰鬥。」安莎莉的式神接續說：「但是若真要小狐說……雖然小狐知道那個叫宮本次郎的式神很強，出來與他對戰絕對只是自不量力……可是小狐願意吃那個苦，因為小狐很清楚，現在主人看到羅娜苦戰也感到心痛和糾結。」

「果然……什麼都無法瞞住你的眼睛啊，小狐……被你看出來了呢……」安莎莉眼簾低垂，握在胸前的手把衣襟揪得更緊了。

「只要主人一聲令下，小狐隨時都可以上場作戰，幫助您的朋友。」

「我知道，謝謝你這份心意……」安莎莉一邊低聲回應自己的式神，一邊繼續不安徬徨地看著面前的戰況。

同一時間，巴哈姆特和宮本次郎之間的戰鬥仍未停歇，縱使巴哈姆特根本無法突破對方的防禦，龍牙與龍炎皆難以傷及對方一毫，甚至隨著戰鬥時間拉長，巴哈姆特身上的傷痕也越來越多……但身為龍王的驕傲，那一身的傲骨，令他毫無退縮之意。

何況，他的御主也還未放棄，他豈能讓羅娜感到丟臉？

在巴哈姆特奮戰的時候，羅娜的腦海裡頻頻傳來聲音：「我的百合花，為何不召喚我出來呢？像這樣的傢伙，我隨時都能替妳鏟除。」

她的另一名式神，法哈德的語氣萬分溫柔，羅娜卻覺得像是魔鬼的耳語。

「還不到你出場的時候，法哈德。」

「這只是妳表面上的說法吧，我的百合花。妳心裡所想，如此了解妳的我怎會不清楚。」

倘若法哈德此刻現身在羅娜面前，大概會看見他雙手抱胸、淡淡搖頭的模樣。

他這一句話，也確實說中了羅娜的心思。

實際上，羅娜也很清楚，面對這樣的敵人，等級只有R級的巴哈姆特根本無法應付。何況巴哈姆特不是以往全盛時期的他，如今就算是接近SR等級的式神，面對SSR的宮本次郎，仍是有一段懸殊的實力差距。

羅娜非常明白，單是巴哈姆特是打不贏宮本次郎的。但是，倘若一開始就派法哈德應戰，巴哈姆特的心情又會如何？

羅娜光是想到後續棘手的發展，就覺得十分頭痛。

不管於公於私，對羅娜而言，巴哈姆特才是她真真正正的式神，也是她最信賴的伙伴。若是她叫巴哈姆特退下，改換法哈德上場，那要將巴哈姆特的自尊置於何處？

龍族，本就是非常高傲的種族，何況他還是最高階的龍王。就算法哈德打贏了這場戰鬥，日後巴哈姆特和她之間的關係肯定會徹底崩壞。

可是都到了這節骨眼上……再這樣下去，巴哈姆特也只會徒增身上的傷……

「看來只有這個辦法了……」羅娜深吸一口氣，在聽到她這句話的當下，巴哈姆特一邊硬接下宮本次郎的武士刀，一邊回過頭對著羅娜道：「喂……妳該不會是想……」

「哈……來不及了呢。」發出短促的一道笑聲，羅娜毫無預警地壓低身子，快速地朝宥娜的方向俯衝而去！

「羅娜同學！」安莎莉驚慌地大叫一聲，與此同時，羅娜轉眼間已衝至宥娜的背後！

當羅娜來到宥娜的身後時，宥娜的表情有一瞬間的動搖，血紅色的瞳孔微微收縮。

「靈人之間的戰鬥，從來都不是只有式神的分——」

哪怕會被人貼上卑鄙的標籤，就算會被說成不知廉恥，打不過式神就朝御主出手這種小人手段……羅娜從來沒有怕過，只要有利於自己，她就可以坦蕩蕩地承認自己的卑鄙！

只要能逆轉這場戰局，只要能夠從宥娜口中得到當年真相的線索，她羅娜就算赴湯蹈火也在所不惜！

抱持著這份決心，羅娜冷不防地將預藏的匕首架在宥娜的頸子上，以充滿威壓的口吻在對方耳後低聲道：「束手就擒吧，讓妳的式神退下。」

「哦？」被持刀架在脖子上的當事者，反倒做出了讓羅娜意料之外的反應。

宥娜僅僅只是輕淡地回應一聲，眉頭上揚。

「想不到妳還會這麼做啊？」口吻平淡且冷靜，好似完全無懼於羅娜持刀的威脅。

宥娜沒有絲毫改變或動搖，反倒是羅娜眉頭一皺：「勝負嘛，偶爾需要一點小手段。倒是妳很冷靜嘛？不知道是不是裝出來的呢。」

「是不是裝出來的，妳難道看不出來？也是，畢竟是愚蠢的冒牌貨。」

「哼，還逞強嘴硬。趁我不小心劃開妳的喉嚨之前，快讓妳的式神收手。」

羅娜沒好氣地威嚇著對方，她心裡一直有種感覺，只要和這傢伙繼續說下去，搞不好就會被這女人給左右了思緒。特別是看她一臉游刃有餘的模樣，羅娜更是心生厭惡，甚至有種難以言喻的焦躁。

這過分的自信，究竟是打哪來的？

第二章

Scepter of Rose King

如老鷹盤旋於山嶽頂端，傲視一切的自信——這是名為「宥娜」的少女所散發出來的氣勢。

羅娜不明白，明明和自己有著這麼相似的容貌，卻有著她一直少有的高冷與自傲，不知為何，羅娜竟有那麼一絲絲的羨慕。

不行，怎麼可以被這個來路不明的傢伙影響了自己！

果然，還是得速戰速決才行！

雖然不清楚校方刻意為之的目的，羅娜只知曉，她和這個名叫宥娜的少女，是打從心底地不對盤！

「收手？妳真以為妳的卑鄙手段得逞了嗎？」

「妳這話是什麼意思？」羅娜眉頭鎖得更緊，壓低嗓音質問對方，同時將手中的匕首往宥娜的脖子靠近，只差一點點就要將宥娜的肌膚劃破。

被持刀威脅的當事者卻一點也不緊張，反而發出嗤之以鼻的冷笑：「我只是想親眼確認，妳是不是如傳聞中那般卑鄙，才故意放鬆戒備，讓妳順利將刀架在我頸子上。」

「妳……妳才是別說這種蠢話了，明明就是沒有注意到我會上前攻擊，妳只是想給自己找藉口吧？真以為這種話我會信？」羅娜咬牙切齒，內心卻有所動搖。同一時間，她瞄了一眼巴哈姆特和宮本次郎，兩人仍持續交戰，但巴哈姆特已狼狽不堪。

不過一眨眼的時間，巴哈姆特身上的傷口就倍數增加！

「怎麼了，不快點動手嗎？看到自家的式神變成這副德性不心疼嗎？或者乾脆叫出妳另一個式神來吧？那個什麼漆黑的魔王，也許還稍稍能看一些呢。」

「別瞧不起人了……」

被激怒的羅娜，眼看就要將手裡的匕首劃下——

「寶具——束縛之尾！」

一道陌生的聲音闖入戰局，同時一條毛茸茸的金黃色尾巴憑空出現，纏住並拉開羅娜持著匕首的手！

「這是……！」

羅娜沒反應過來到底是何人所為，只是一臉錯愕地看著自己被緊緊纏住、用力拉開的手。另一方面，宥娜的左手也被另一條金黃色的尾巴纏住，往羅娜的反方向一拉，將兩人拉開一段距離。

「羅娜同學、宥娜同學……我說妳們兩個，鬧夠了沒！」雙拳緊握，厚重鏡片下的雙眼難得煥發著慍色，安莎莉加大音量地對著羅娜和宥娜大喊。

「安莎莉……？妳這是在幹什麼？」

等羅娜回過神來時，才注意到這一切都是安莎莉所為，是她召喚出式神，阻止自己行動。

不止如此，安莎莉的式神不僅將她與宥娜拉開，也將原本正在纏鬥的巴哈姆特與宮本次郎隔開。

羅娜此刻終於能好好看清對方，原來始作俑者，是此刻站在安莎莉身邊，看起來大約十幾歲，有著一對可愛的金黃色毛茸茸耳朵，尾巴分岔成九條的少年。

「主人說，不希望妳們繼續在打下去了。」長相清秀帶點稚氣的金髮少年，代替安莎莉回答道。

「原以為妳挺弱的，沒想到還有那麼一點可看性，這隻狐狸雖然是個ＳＲ等級的小傢伙……但未來應該會更加強大。」

被人強制拉開的當事者毫不在意，宥娜一派輕鬆的說話方式讓在一旁羅娜更加惱火，可她偏偏又什麼都做不了……看在安莎莉的分上，她也不能強行掙脫開來。

只是，沒想到平常看似柔弱又膽小的安莎莉……居然有著一個SR等級的式神？

而且這個式神還能一瞬間拉開巴哈姆特跟宮本次郎，搞不好她比羅娜預期中還要不簡單啊……

不過擁有這樣等級的式神，當初入學考時，為何只有跟自己差不多的成績？而且她鮮少聽到關於安莎莉的報導或消息啊！

到底是因為安莎莉本人的存在太過透明，還是她空有一個好式神，卻不懂得好好善用？

「都被人用式神強行拉開了，還有心思去想別的嗎？」

「少囉嗦，還不是因為妳的關係。」面對宥娜的冷嘲熱諷，羅娜沒好氣地白了對方一眼，接著對安莎莉說：「安莎莉，我跟她之間的事用不著妳插手，快叫妳的式神鬆開。」

「我不同意，如果不這麼做，妳們兩個都會受傷的！」比平時還要堅持己見，安莎莉認真地拒絕了羅娜的要求，「在妳們都停手並叫回式神之前……我、我是不會讓小狐鬆開尾巴的！」

「想不到妳居然這麼固執……」

羅娜嘆了一口氣，頭疼不已，目光則往安莎莉口中的「小狐」身上投去。映入羅娜眼簾的這名式神，模樣如同十五、六歲的少年，金黃色的蓬鬆捲髮，加上一對豎直的毛茸茸狐狸耳朵，應該是此刻緊繃的局面將他的情緒反應在耳朵上。

他身穿一件寬鬆華服，有點像是中國風和和服的混合，看起來就像是出身高貴的小少爺，純真可愛中帶點貴氣。雖然外表給人這般形象，但SR等級的力量，還能一口氣控制住現場所有御主和式神……這小子的外表簡直是詐欺了吧？

只是，現在可不是觀察人家式神的時機……這種僵持不下的局面要持續到何時？

「真是笑話，這點程度就想控制住我和次郎？」

宥娜在一瞬之間就掙脫束縛，另一方面，宮本次郎也用手指做為利刀，直接切斷綑住自己的狐狸尾巴。

「什麼！」

眼看宥娜輕而易舉地掙脫，安莎莉一臉錯愕。雖然她早知道對方是ＳＳＲ等級的式神，但沒想到實力竟是如此地懸殊！

「本來不想把妳牽連進來，因為那毫無意義。但是，既然妳執意如此，我就連同妳一併處置吧。」森冷的目光投向安莎莉，宥娜這一番言論頓時讓安莎莉肝膽具顫！

「別想，我不會讓妳傷害她的——」眼睜睜看著宥娜即將對安莎莉出手，羅娜已經沒有別的辦法了！

她牙一咬，正準備召喚出早已等待許久的法哈德之際——

「這場鬧劇，到此為止。」

一道充滿磁性的嗓音闖入緊繃的戰局之中，也由於這道聲音的主人，轉瞬之間改變了戰況！

毫無預警出現在眾人面前的身影，穿著一套充滿禁欲色彩的黑色軍服，身材高大挺拔，眼神如鷹隼般銳利冷澈。這名男人雙手抱胸，將本就合身的衣襟撐得更為突出，彷彿下一秒就要爆出釦子。而在他身後，則是一名漂浮在半空中、只有顯現出下半身的奇特式神。

至於這名式神的上半身——不知何時已將宥娜擒在懷中！

「不許擅自妄動，各位同學，如果你們不想被逐出聖王學園的話。」男子的口吻乍聽平靜，實則透露著一股不容侵犯的威嚴。同時，他似乎早一步察覺到宥娜想趁機讓宮本次郎偷襲，在他背後只有下半身的式神搶先一步，赫然出現在宮本次郎身後，冷不防地一腳用力踹倒對方！

這名逆轉局勢的人物再次開口：「現在，通通聽從我的指令，即刻將妳們的式神全部召回！」

正當羅娜有些訝然地心想：這個高大的傢伙是誰啊？居然強到可以將宥娜瞬間擒住？甚至光靠式神的一腳就能讓宮本次郎單膝跪地？

這個亂強一把的傢伙到底是何方神聖啊啊啊！

「聖王學園的總教官……斯巴達……」一旁目睹這幕的安莎莉，膽怯地顫抖著聲音，吐出一個名字。

「哈啊？還真有人會取這種名字嗎……」羅娜話還沒說完，她的頭頂馬上迎來一拳。

「痛！」一聲哀號從羅娜的口中吐出，這名「斯巴達」教官才一眨眼，就來到她的身邊給了她一拳！

這傢伙不是教官是阿飄吧！

「對老子的名字有什麼意見嗎？」他凶神惡煞地斜睨了羅娜一眼，僅僅是一道眼神就令羅娜一陣寒意竄身！

「哼，這點程度的威脅就被嚇成那樣，冒牌貨就是……唔！」

「出言不遜的黃毛丫頭，對我來說都一樣。」

在這一句充滿「大人的不以為然」的發言後，他又冷不防出現在宥娜背後，將拳頭重重地落在宥娜的頭頂上。

「好疼！」

被狠狠教訓了一下，即便是方才還一臉高傲的宥娜，也抱著腫起來的頭發出哀號。

「哈，還說呢，妳這個真正的山寨才弱不禁風啦！」羅娜一邊摸著頭上同樣大小的腫包，直指著宥娜嘲笑道。

「我不跟劣質的冒牌貨浪費口舌！」宥娜先是狠狠地瞪了羅娜一眼，接著不屑又憤怒地迅速轉過頭去。

「那個，我說……羅娜跟宥娜同學……妳們別再爭吵下去了啦……」唯一沒有受到鐵拳教育的倖存者——安莎莉一臉苦笑地不知該如何勸架。

正當安莎莉為此苦惱之際，一股令人汗毛直豎的殺意從背後冒出：「妳，還不快點把式神叫回去？也打算吃老子的拳頭嗎？」

「嗚哇！斯、斯巴達教官！我、我馬上叫小狐回來！」被這麼嚇了一跳，安莎莉覺得自己的心臟都要當場停止了！

隨後，她立即將自己的式神召回，那名身材嬌小、穿著和服風格服裝的少年轉瞬消失在場上。

「妳們呢?答覆?」看著安莎莉乖乖聽話後，斯巴達將他充滿威壓的視線分別掃向羅娜和宥娜，同時還命令他的式神，將本來箝制住宥娜跟宮本次郎的力道加重。

「我……我知道了!我可不想跟那個山寨一樣討皮肉痛。」

表面上說得好像只是不想吃拳頭而收兵，實際上羅娜心知肚明，現在的她，連繼續和宥娜戰鬥下去的本事都沒有，何況和那個全身上下都是肌肉的教官做對。

她可是沒有當M的興趣啊。

算是找到了臺階下，羅娜便裝做不情願的樣子，召回了巴哈姆特。另一方面，宥娜見到對手叫回了式神，即便自己還被斯巴達的式神控制著，仍不改硬脾氣地對著羅娜說道:「哼，就這點威脅便臣服了是嗎?還真不夠格當『皇帝』的女兒……」

只是才剛對羅娜說出這般充滿諷刺的話，宥娜下一秒又被斯巴達用他的式神加重勒緊力道。

「宥娜同學，老子再警告妳一次，不想被勒得粉身碎骨，就快點收手。」

「教官……你真以為這樣的程度就能讓我聽話？我好不容易跟這個冒牌貨碰了面，我是不會收——」

「哪怕取消妳特殊生的身分並退學處置，也沒有關係嗎？」

「唔！」強硬打斷宥娜的話，斯巴達的這一席話頓時讓宥娜倒抽一口氣，顯然比起肉體的疼痛更有威脅效果。

「特殊生……？」一旁的羅娜聽到這個陌生名詞，一時間有些困惑。

「特殊生，就是直接推薦進來的學生，不需要經過嚴苛的入學考試，只是……沒想到宥娜同學居然是特殊生……」

安莎莉聽到羅娜的話後，替她解了疑惑。不過對安莎莉而言，她更驚訝宥娜的特殊生身分。實際上，特殊生的制度一直都存在，最開始的用意在於保障一些弱勢學生。只是為了避免過多爭議，聖王學園已經多年未開放特殊生的入學。

「只是……為何宥娜同學是特殊生？擁有這麼高等級的式神……根本不需要

保障吧……」安莎莉不解地喃喃自語，眉頭微蹙。與她距離不遠的羅娜當然是聽到了，只是羅娜沒有繼續對著安莎莉提問，因為很顯然安莎莉也不清楚答案。

不過，不管宥娜成為特殊生的緣由，她確確實實動搖了。羅娜看著她不甘願地咬著下唇，唇色慘白。到底是有多麼不甘願，羅娜真的十分好奇。

「可惡……不會有下一次了，冒牌貨！」帶著強烈的不甘對著羅娜咆哮，宥娜只得被迫召回她的式神：「宮本次郎，回來！」

指令一下，只看到宮本次郎安靜沉穩地對著宥娜點了點頭，一瞬間就消失在場上，回到他御主的體內。同時，在宥娜叫回宮本次郎後，本來纏緊在宥娜身上、來自教官斯巴達那名不具名的式神，也鬆開了手，回到斯巴達身邊。

一回到斯巴達身邊，現場其他人就眼睜睜看著那名黑漆漆的式神和下半身融為一體，本來分開來的上下身逐漸融為一個人形……在羅娜眼中，這個過程令人莫名感到一股難以言喻的毛骨悚然。

這種宛如一團黑水自在變形的詭異式神，實在很難跟斯巴達教官那渾身嚴肅的御主聯想在一塊。怎麼看，都覺得比較像是宥娜那種莫名中二病的傢伙所有。

「這樣才對，不過宥娜同學，即便沒有取消妳的特殊生身分，破壞校園的懲罰還是有的。」斯巴達一邊說，一邊彈指，宛如背後靈的漆黑式神便消失在眾人眼中。

「哈，活該，受到懲罰了呢……」羅娜一點也不遮掩地賊笑著。

只不過沒得意多久，斯巴達便轉過頭來對她說：「妳也一樣，羅娜同學。」

「咦！為什麼我也要啊？爆炸不是她一個人的傑作嗎？」

而且……話說回來，這裡真的有薔薇王者的權杖嗎？

校方不可能真的坐視這麼重要物品毀於爆炸吧？

雖然現在才意識到好像有點太遲了，比起這件事，羅娜更在意為何自己也要跟著受罰。

「爆炸是她造成的，但後續的毀損動作，是妳和她戰鬥留下的痕跡。」斯巴達教官冷冷地回應羅娜，不苟言笑的他在講述這段話時，簡直就跟宣判死刑沒兩樣。

「這不是我的問題啊！是她挑釁……」

「好了，羅娜同學，別再說下去了……」安莎莉趕緊抓住羅娜的手臂，就怕羅娜一個不滿想衝上前和教官理論，讓情況變得更糟。

「至於安莎莉同學。」

「唔！是、是的教官！」

被點名的當下，安莎莉幾乎要嚇出一身冷汗！

她心想完了，難道她也要跟著一併受罰嗎？可是回頭想想……她好像確實出了手、蹚了這渾水……

「雖然妳也有參一腳，但看在妳試圖阻止這兩名同學的分上，這回就免去妳的懲處，好好自省吧。」

「欸？我不用懲罰？」聽到斯巴達這麼說的時候，安莎莉有些傻了眼，愣愣地問道。

「怎麼？沒有受到懲處很不開心？」

「不不不！怎麼可能！謝、謝謝教官！我一定會好好反省的！」安莎莉先是一臉錯愕，接著很快反應過來，趕緊搖搖頭對著斯巴達回應。

「還真偏袒呢，該不會肌肉教官是眼鏡控吧……」安莎莉鬆開手後，羅娜雙手抱胸，嘖嘖幾聲，小聲說道。

「羅娜同學——」

「嗚哇！這樣也能聽到嗎？教官大人我錯了！我剛剛什麼都沒說！」聽到自己的名字再度被斯巴達拉長尾音叫喚，這回換羅娜嚇出一身雞皮疙瘩。

「愚蠢的冒牌貨……說吧，要受什麼懲罰？我敢做敢當。」和羅娜那種卑鄙小人的姿態不同，宥娜表現得更像一個敢做敢當的惡人，她毫不猶豫地對著斯巴達提問。

「什麼嘛，到底是真有骨氣還是假裝出來的啊？這個山寨品……」

雖然羅娜從不覺得自己卑鄙的一面有何不妥，自從不再扮演「娜娜醬」後，她就不想再遮遮掩掩自己真實的面貌。只不過宥娜如此表現，說實在讓她有些意外。

「還是一樣硬脾氣呢，宥娜同學。懲處方面，就讓妳和羅娜同學清理這座被妳們破壞的鐘塔吧！」斯巴達將冷冽的視線分別掃向羅娜和宥娜。

懲罰的結果一出爐，羅娜和宥娜立刻同時轉頭，相互不客氣地直指彼此，異口同聲大喊：「跟她？別開玩笑了！」

「嗯，妳們兩個不只長得像，連說話都很有默契。那就這麼決定了，不得異議。」斯巴達依然面無表情地說著，隨即就要轉身離開。

「誰跟她長得像了！」兩人再次異口同聲。

「妳們看，又同步了，還說不像？」在羅娜和宥娜再度神同步反駁之後，斯巴達板著一貫冷酷的撲克臉回問，一時間堵得羅娜和宥娜啞口無言。

「安莎莉同學，現在跟我一起離開，除非妳也想在新生入學第一天就被懲處。」將目光轉而投向安莎莉，斯巴達對著她下達命令。

「唔……可是羅娜同學……」安莎莉鏡片下的視線有些不安地投向羅娜，她怕只要讓這兩人繼續待在一塊，又會打起架來。

羅娜注意到安莎莉的不安，給了對方一個明確又肯定的答案：「去吧，我不會再跟這傢伙打起來了，我可沒那麼傻，又要惹是生非，小安妳放心吧。」

在羅娜這麼說後，宥娜倒也不約而同地說道：「哼，這個冒牌貨的實力我已經知道了，軟弱得根本用不著我再次出手。」

儘管宥娜好似相當不悅，充滿對羅娜的嗤之以鼻，不過聽在安莎莉耳中，卻令她感到放心了不少。

把宥娜的話轉換一下，其實就是在說「我也不會再出手」。

想到這裡，安莎莉嘴角不禁微微上揚，心想這兩人儘管說著一點也不想像著彼此，但在外人眼中，她們還真是莫名地相似。雖然不知道這兩人究竟有何淵源……不過既然她並非當事者，還是改天再打聽打聽吧。

就在安莎莉和斯巴達準備離開之際，羅娜突然又叫住了斯巴達：「教官，請等一下！」

「又有何事？是嫌處罰不夠重？」斯巴達回過頭來，一對濃眉微微蹙起。

「不是啦！我是想問，那個『薔薇王者的權杖』……應該不在這裡吧？」

「不然，妳以為我會處罰得這麼輕？」斯巴達不改冷冽且充滿威脅的口氣，回答羅娜的問題。

「哈、哈、哈……我想也是。教官真是的，不要這麼嚴肅嘛。」一手摸著自己的後腦勺，羅娜對著斯巴達賠笑。

想也知道薔薇王者的權杖不會放在這裡。但為何要放出風聲說存放在這棟鐘塔裡呢？再說，還有一個疑問沒有解開，那就是為何宥娜那傢伙會來襲擊此處？

當然，其中最令她不解的，就是宥娜本人。

這世上怎會有和自己如此神似的存在？

她不認為自己有雙胞胎姐妹，當年老爸也不至於在外面搞出個私生子才是啊……等等，這個理由還是先保留一下好了，自從扮演過「娜娜醬」之後，她深深感受到男人都不可信的。

縱使她很想相信自己的親爹，但看到宥娜的外表……真的十分動搖。

「好好給我打掃整理，放學之前會再來驗收。」

「咦？今、今天就要整理好嗎？」聽到斯巴達這麼說，羅娜忍不住驚呼，只因周遭環境實在……有些慘不忍睹，光靠她和宥娜真的可以在今天整理完成嗎？

「妳有意見？」斯巴達濃眉一挑，口吻中再度凝聚殺氣。

「我、我明白了，我照做就是了……」

雖然無奈，也只能把這份苦水往肚裡吞。羅娜深知不能再惹斯巴達，若那個大塊頭真要對她動武，受苦的只是自己而已。

沒有再理會羅娜，斯巴達高大的身影很快就消失在羅娜和宥娜眼中。安莎莉雖然頻頻回頭看向羅娜，卻也只能跟在斯巴達的身後離去。

尷尬的沉默自此刻開始籠罩著羅娜與宥娜，除了令人窒息的安靜以外，還有更多壓抑的殺意。

羅娜不斷從對方身上感受到那股騰騰殺意，僅管看得出來，宥娜已經很努力在克制了，羅娜還是無法完全鬆懈。

明明很多東西想問……可是宥娜那副隨時都想開戰的模樣，要她如何開口？而且想來也真是不甘心，好好的新生入學儀式，就這麼被這傢伙給搞砸了……

「我說妳怎麼只怪別人？當初聽到爆炸聲毫不考慮就跑過來的人是誰？妳這個笨蛋就是欠缺周全的思慮。」巴哈姆特的聲音在羅娜腦海中響起，如他一貫風格地吐槽著自家御主。

「老色龍，你不說話沒人當你是啞巴，剛剛是誰被打得落花流水，現在是休息好了，可以開口了是嗎？」

「實力懸殊又不是本龍王一個人的問題，御主之間在等級上也差了很多吧？瞧那小姑娘的靈力可是比妳強大不少，能夠供給給式神的自是更多。」

「你想說我這個後方補給的靈力太少，才讓你輸得這麼慘？」

「本龍王可沒這麼說，不過妳若要這麼認為也可以。」

「你真是好厚的臉皮啊！不要以為我不敢把你的龍皮扒下來！」

雖然是透過心靈溝通的方式和巴哈姆特針鋒相對，但表情卻如實地反應在羅娜的臉上。她皮笑肉不笑地嘴角上揚，微微抽搐，若不清楚她是靈人的普通人，大概會覺得這個人怪可怕的吧。

「娜娜醬，妳就別浪費唇舌跟這頭老龍說那麼多啦！妳當時叫我出來不就好了？憑我的能耐，宮本次郎那傢伙我才不放在眼裡呢！為了讓娜娜醬開心，我什麼都做得出來唷！」星滅那總是帶著一點天真可愛的嗓音冒了出來，明明聽起來是這般純真的音色，卻總是說著和音色截然相反的話語。

「就憑你？你這小狼狗算老幾，連正式的式神契約都沒有，憑什麼上場作戰？又憑什麼自以為能打敗ＳＳＲ等級的宮本次郎？」一聽到星滅的說詞，巴哈姆特立刻火藥味十足地反駁星滅。

「所以我才說，娜娜醬應該快點跟我訂下契約才行啊！妳看這老龍王多麼不靠譜！吶，娜娜醬，人家是真的想為妳盡一點心力呀……」

「你？當初差點害死羅娜的傢伙，本龍王沒執意把你驅趕出去已經算客氣了！」

「夠了，你們到底還要在我的腦袋裡吵多久啊！」實在受不了一頭狼跟一頭龍你一言、我一語，羅娜的耐性本來就不是很好，這下徹底被這兩人惹毛了。

在羅娜這麼一訓斥之後，她的腦袋終於得到了短暫的寧靜……只剩法哈德一聲輕笑，明顯地嘲笑著方才爭吵不休的龍王與小狼。

這下巴哈姆特和星滅都笑不出來了。他們難得有了共識，就是絕不能讓法哈德隔山觀虎鬥、坐收漁翁之利。

「真是一群令人鬧心的傢伙……」羅娜可不管那三名式神怎麼想，好不容易腦子裡一片清靜，她一手撐著額頭，嘆了一口氣。

「誰叫妳這麼貪心，收了三個適性根本不合的式神……不對，其中一個還不是真正的式神，只不過是無處可去的孤魂野鬼。」聲音自羅娜後方傳來，正是暫且休戰、同樣被留在鐘塔裡的宥娜。

聽到她這麼說，羅娜回過頭去，聳了聳肩回應：「怎麼？羨慕嗎？我有這麼多式神而妳沒有？」

靈人之間無法明確感應到對方究竟有幾個式神，但打聽打聽還是可以的。何況她和法哈德與星滅的事，似乎早在靈人圈內成為讓人津津樂道的八卦，倘若宥娜這般在意她，應該不會不知道。

「真正強大的靈人，只需一個可靠強大的式神就夠了。」宥娜別過頭去，刻意不跟羅娜的眼神對上。

「還真是自傲的口吻啊……喂，妳是該好好跟我解釋清楚了吧？」羅娜先是搖了搖頭後，話鋒一轉，反問宥娜。

既然這傢伙主動和自己搭話，不管她說的是什麼，至少不排斥和她對談吧？

「解釋什麼？我可不記得我欠妳什麼解釋。」宥娜冷冷地回應，依然看都不看羅娜一眼，接著開始著手整理環境的工作。

「妳的存在對我來說就是很大的疑問！雖然我很不想這麼說，但長得跟妳如此相似的我沒有權利過問嗎？這到底是怎麼回事？妳跟我……不，妳跟我老爸又是什麼關係！」眼看宥娜與自己拉開距離，羅娜馬上一個箭步跟上，不客氣地質問。只是宥娜仍沒有要理她的意思，羅娜有些不耐煩地抓住對方的手臂：「妳……妳不會是我的雙胞胎姐妹吧？還是老爸在外面的私生……」

「誰跟妳有血緣關係了！放開我妳這個失敗的冒牌貨。」被羅娜抓住手臂的宥娜突然反過身來，不悅地用力甩開羅娜的手，一對火紅的雙眼直直地瞪著對方。

羅娜沒想到對方的反應如此之大，難道她踩到了她的地雷？

看到宥娜這般反應，羅娜更為好奇了，連帶激起她想追根究底的決心，她厚著臉皮又上前問道：「至少告訴我，為什麼妳知道我爸的事吧？而且……妳好像對『薔薇王者權杖』有什麼不滿？」

從宥娜的反應看來，她和自己應該不是猜想中的那種關係。除此之外，不管薔薇王者權杖是不是真的保存在這座鐘塔中，宥娜會特地炸了這裡，應該跟薔薇王者權杖脫離不了關係。

但這其中，又藏匿著何種原因？

這實在太不像一般人會有的舉動，想要進入聖王學園的絕大多數人，都是為了有機會爭奪薔薇王者的權杖啊！

嘛，雖然也有像她這樣，只是為了追查當年的真相而來……等等，該不會宥娜也是為了權杖以外的目的進入學園？

啊啊，越想越複雜，想得她頭都快裂了。

「我——厭惡著薔薇王者權杖，憎惡到想要馬上將之摧毀。因為，我才是教授的……總之，妳這種半調子的冒牌貨是不會懂的！」宥娜的聲音微微顫抖，並非出於恐懼，而是在壓抑滿腔的憤怒。

羅娜不懂為何宥娜如此憎恨著薔薇王者權杖，這時巴哈姆特的聲音冒了出來：「妳別想了，繼續想下去也得不到解答。在妳想這些的時候，人家都走遠啦！」

「我再追上去問……」

「別追了，我的百合花。依我看，無論妳怎麼窮追不捨，她都不會跟妳解釋清楚的。」這次出聲勸阻的人是法哈德，他用一貫沉穩卻充滿魅力的低沉嗓音對著羅娜說道：「雖然我也不清楚這個名叫宥娜的少女和教授是什麼關係……但是，總有一種莫名似曾相識的感覺……」

「似曾相識的感覺？對了，話說回來，你跟她都稱老爸為『教授』……難不成你們接觸過？在同一個實驗室裡見過？」

這時，宥娜已經走到鐘塔的另一端進行清理工作，很顯然不想跟羅娜再有交集。

「我的百合花，妳這樣問我，雖然讓我盛情難卻，但我無法回答妳呢。」

「沒有喔，沒有盛情。」羅娜板著一張死魚般的表情吐槽法哈德，接著她又嘆口氣：「總之，你們沒人可以替我解答對吧……也罷，只要那傢伙繼續待在聖王學園，我就不信沒有解開謎團的一天。」

羅娜捲起袖子，開始動手整頓環境。

只是聽著從不遠處傳來的新生入學儀式的活動聲響……她就不免感到有些遺憾啊。

第 三 章

Scepter of Rose King

「報告，事情已經處理完畢。」斯巴達迅速地舉起手，向所羅門校長恭敬地行禮。

「辛苦了，斯巴達教官。每次只要你出手，都讓我省心不少啊。」

坐在校長專屬的辦公椅上，背後的陽光從百葉窗縫隙中傾瀉而出，一縷縷陽光落在他的身上，將他那張充滿斯文與禁欲氣質的俊美側臉照得更為明亮。

「但是我為此十分困擾呢，每次都是您的主意，卻總是讓我收拾善後。」斯巴達眉頭微微蹙起，對著所羅門稍稍抱怨了一下。

「這不就是你身為教官的職責嗎？再說，你不也覺得有趣嗎？若你真感到麻煩，當初也不會默許我和安倍這麼做了吧？」本來還低頭看著桌上公文的所羅門，緩緩抬起頭，鏡片下翠綠的眼眸微微彎成一道上弦月。

「您總是這般伶牙俐齒，我自認辯不過您。」斯巴達搖了搖頭，語氣有些無奈，「說吧，您為何故意放出『薔薇王者權杖』存放於鐘塔的消息？您明明知道，這麼重要的東西不可能隨意放置。」

「斯巴達，你知道為何我今年招收了宥娜這個特殊生？」

「那是因為……您認為宥娜的背後隱藏著一股勢力？」斯巴達思考了一下，才以不確定的口吻說出他的猜測。

所羅門放下手中的公文，對著眼前穿著筆挺軍裝的男人漾開一笑：「看來你也多少明白，不愧是我最得力與信任的助手之一。沒錯，讓宥娜入學只是一個餌，我正等著看她背後的勢力何時會浮出水面。」所羅門一手撐著下巴，若有所思地喃喃自語：「若我沒猜錯的話，那股勢力應當是……」

話還沒說完，校長室外傳來清脆又短暫的敲門聲，打斷了所羅門的思緒。

「請進——」所羅門轉頭看向門扉，用一如既往溫柔有禮的嗓音回應。

在優雅的笑容重新回到臉上之前，有那麼一瞬間，他的表情卻是無比陰沉與凝重。

斯巴達看在眼底，卻什麼也沒有多說。

縱使所羅門沒有明說，身為多年跟隨在校長身邊的人，也能夠大約知曉對方方才未說完的話究竟為何。

拖著疲累的身體，跟著宿舍總監，簡稱「舍監」的阿姨來到聖王學園學生宿舍。羅娜錯過了新生入學儀式，打掃完畢後，只能趕上分配宿舍的行程。和宥娜大戰過後，又加上花了一整個早上打掃鐘塔，如今的羅娜早已疲備不堪。

雖然覺得可惜，體力透支的羅娜只想趕快找張床躺下，好好睡上一覺。聖王學園的校園之大，光靠雙腿走到學生宿舍就有好長一段距離，舍監明明是個看起來年約半百的大媽，走路卻快得跟光速一樣，令羅娜感到十分吃力。

聖王學園的學生宿舍相當豪華，雖然全校師生只有三千多人，但是在軟硬體上都是最高規格的設備。

好比這棟名為「白宮」學生宿舍，方形端正的建築設計，全部選用白色的瓷磚與石柱堆砌而成，裡面的空間甚廣，以確保每名學生都有足夠的活動空間。

內部設施更不用說了，想像得到的生活機能都能在宿舍裡找到，幾乎可以不用離開「白宮」就能處理一切日常的大小事。

這裡畢竟是全國最嚴苛的菁英教育機構，所以「白宮」的舍監權力可說是相當大，她所制定的宿舍生活公約也讓許多新生看傻了眼。

「聽著，在告知你們每個人的宿舍號碼與領取ＩＤ鑰匙卡前，相信你們都看到張貼在布告欄的生活公約了吧？」舍監轉過頭來，面對這一群懵懵懂懂的新生，嚴肅地推了推眼鏡，開口問道。

「關於這點，我們很明白啦，可以快點給我ＩＤ鑰匙卡嗎……」羅娜有氣無力地舉手回應。靈人之間的戰鬥除了身體的疲累，消耗靈力帶來的倦怠更是十分難熬。除此之外，為了通過斯巴達嚴苛的審核，她簡直是盡心盡力地把整座鐘塔打掃得一塵不染啊……

只是，一想到宥娜明明才是罪魁禍首，羅娜就心生不滿。

「妳是學號三十號、墊底進來的新生羅娜對吧？既然如此，妳說說看生活公約裡最重要的一條守則是什麼。」舍監鏡片下嚴厲的視線瞬間射向羅娜。

羅娜一時間被這目光刺得有些反應不過來，只能愣愣地回道：「呃……不能做出不純潔的男女行為？」

此話一出，現場聽到的其他學生都噗嗤地笑了出來，至於舍監本人的臉色一陣青一陣紅，顯然是被羅娜的回答給刺激到了。

「羅娜同學……妳到底有沒有把生活公約看仔細！」

舍監似乎氣得肩膀都在微微顫抖，羅娜仍一臉狀況外地臉問：「欸？難道我說錯了嗎？難道可以有不純潔的異性交流？」

由於這間宿舍是男女混合，並無依照性別來區隔，以羅娜對眼前這名舍監的第一印象，應當是相當保守且十分重視這種事情的吧？

「這是最基本的事情！羅娜同學，妳根本就沒有把生活公約好好看個仔細！」

「啊，我以為這是最重要的嘛……其他像是每天必須進行靈力練習以及對戰訓練，洗澡為了鍛鍊靈人的能力只供應冷水……這些不都很正常嗎？」

當羅娜這麼說時，有的新生忍不住握緊拳頭，對著羅娜大喊：「這哪裡正常了啊！」

「什麼啊？這不就是當學生的本分嗎？倒是不純潔的異性交往還比較……」

「夠了，羅娜同學妳現在給我到走廊上罰站！妳最後一個領取房門卡！」

在舍監的怒吼之下，羅娜本想盡快倒床就睡的願望瞬間被蒸發殆盡了。

「好……累……啊……」

本就精疲力盡，加上又被舍監在宿舍走廊上罰站了一個多小時，在人來人往的區域被其他學生指指點點、掩嘴竊笑，使得羅娜不止身體疲累，連心都好累。

這次的體驗讓羅娜得到了一個教訓，那就是誰都能得罪，就是不能得罪舍監……

「要不是妳那張嘴，早就可以躺在床上休息了。真不知該怎麼說妳，笨蛋御主。」低沉的嗓音從羅娜身邊傳了過來，羅娜有些無力地轉動一下眼珠，就看到自個兒跑出來的巴哈姆特倚靠著牆壁，雙手抱胸，用一種完全不帶憐憫的眼神望著羅娜。

「老色龍……你真是沒有同情心……」羅娜既沒好氣又慵懶地回應對方，她整個人無力地趴在床上，一點也不在乎自己的形象。

「吶吶，娜娜醬，要不我幫妳按摩？別看我這樣，我生前可是考過按摩執照的唷！我才不會像那頭老龍只出一張嘴呢！」星滅同樣跑了出來，用甜膩膩的撒嬌聲音對羅娜說著，同時貼在羅娜床邊，用著閃亮亮的雙眼眨呀眨地望著對方。

「我可不覺得你只是想單純按摩……」

羅娜已闔上眼睛，即便聽到星滅這麼說，她也連撐開沉重眼皮的力氣都沒有，而且說話的人是星滅，她更懶得睜開眼睛了。

「可惡，馬上就被看穿了嗎……啊不對！妳怎麼可以那樣看待我呢，我好傷心呀，娜娜醬！」星滅一手摀著胸口，露出毛茸茸的狼耳朵，蓬鬆的狼尾巴也難過地垂了下來。在不了解他的旁人眼中，星滅這模樣都能讓鋼鐵般的心融化了，只可惜這招對早就看清他為人的羅娜一點效果都沒有。

「我的百合花需要的是清靜，好好地睡上一覺，你們這些閒雜人等就乖乖閉上嘴如何。」最後一位的聲音冒了出來，正是自帶優雅與魔王氣場的法哈德。他坐在床前，溫柔地撫摸著羅娜的頭。

「呼嚕呼嚕……」

不知為何，明明一點也不想讓法哈德碰觸自己，羅娜的身體卻誠實地做出了反應，覺得這傢伙的手好似有魔力一般，只是輕輕地撫摸了幾下，便有種被療癒的感覺……不行……這實在太有催眠效果了……再這樣下去……一定會毫無防備地睡著……

像這樣的男人，想和他結婚的人肯定很多吧……

坦白講，起初她十分抗拒，為了沖喜，為了解除十九歲的大劫，為了這些不是理由的理由，要她真心接受法哈德成為她的婚約者實在太過勉強。

可是，如今愛麗絲阿姨再問她一次……她真不曉得自己會不會動搖。不過現在還是別想這麼多了，好好享受這短暫舒服的放鬆片刻吧。

另一方面，星滅越看越覺得有些心酸，他忍不住道：「真不公平，為什麼這撩妹魔王摸頭就能讓娜娜醬發出這麼可愛的聲音……」

星滅不禁噘起嘴來，有些氣呼呼不甘心的模樣，他認為自己的按摩應該更有誠意、更有效果才對啊。

「到底要怎麼做，才能讓娜娜醬真心接受我呢……」

似乎是看到法哈德如此輕易就讓羅娜臣服，星滅心中除了不是滋味，俊俏可愛的臉龐明顯地流露出失望的神色。

他知道自己先前曾欺騙過羅娜，更是出盡陰招差點害羅娜喪命的罪魁禍首……可那都是之前的事了，如今他已改頭換面，一心一意只想成為羅娜的式神而已。

星滅很努力地檢討自己，想著是不是他還不夠努力？還不夠誠懇？還不夠殷勤？

他知道自己在先天條件上就處於不利，早就明白會遇上許多阻礙，無法快速打動羅娜的心好像也是理所當然……只是，即便做足了心理準備，一而再、再而三地受到羅娜的差別待遇，星滅仍舊會感到氣餒。

「我們家的御主，不是那種靠甜言蜜語或拚命獻殷勤就能搞定的女人。時機未到，等到了就拿出你的實力吧。這是本龍王給你這毛都還沒長齊的小狼狗一點建議。」似乎是瞧見星滅頗受打擊的消沉容顏，巴哈姆特雙手抱胸，背靠著牆壁對星滅說道。

「哈……真沒想到會是你來給我建言呢……」聽到巴哈姆特的話後，星滅的瞳孔先是微微收縮，接著略帶苦笑地回應對方。

「嫌棄的話，就當本龍王什麼都沒說，你就繼續自艾自怨下去，繼續在旁乾巴巴地看著吧。」巴哈姆特面無表情地回了這句話。

「不，你會錯意了，我不是這個意思，相反地我挺感激你對我說這段話。」

「哦？」星滅出乎意外的回答，令巴哈姆特的眉頭一挑，用充滿興味的眼神望著這頭小狼。

沒想到這小子也會有這麼乖巧的時候？

天是要下紅雨了？

「雖然要我當個乖孩子很難，我本來就不是那種什麼都照聽照做的類型，那樣就不是我了。我就是有野性，我就是想要玩世不恭，不管是不是對我喜歡的人都一樣。但是，既然你都給了我這麼寶貴的建言……」星滅握緊拳頭，對巴哈姆特露出一個大大的笑容：「我絕對會在最佳的時機點上，展現出我的實力，讓娜娜醬對我刮目相看！」

在星滅說出這段宣言同時，他沒注意到，本來躺在床上閉目小憩的羅娜悄悄地睜開雙眼，看了星滅那張充滿自信的臉一眼。

雖然想說些什麼，但整個身子懶洋洋的羅娜，實在沒有更多的力氣，姑且就這樣吧。

夜半時分，羅娜從床上爬了起來。聽說聖王學園的宿舍好像是合宿制，但她的「308」號房目前僅有她一人。也不知道為什麼，總之這間房裡只有她一名學生。其實這也算件好事，能獨享一整間房，還可以讓式神出來透透氣。

假使有其他的學生入住，成為她的室友，彼此就會有不讓自家式神無故出現的共識。這麼一來巴哈姆特他們就不能像現在想出來就出來、如此自由了。

在深夜醒來，羅娜懶得開燈，摸黑走向廁所。由於睡意未散，她走起路來搖搖晃晃。解決了生理問題後，羅娜正準備返回床鋪，想要再次呼呼大睡之際，忽然感覺有人從後面點了她的肩膀一下。

「唔！」

毫無防備之下，羅娜被這冷不防的觸感嚇了一跳。

該不會……這間宿舍裡有阿飄吧？

只是一轉頭，映入眼簾的是巴哈姆特的身影。

「你想嚇死我啊！」羅娜轉過身，沒好氣地對著巴哈姆特抱怨。

「妳是做了什麼虧心事嗎？不然幹嘛這麼害怕。而且我才想說妳失禮，快跟本龍王這張帥臉說聲『對不起』。」巴哈姆特眉頭一皺，反過來要求羅娜道歉。

「誰理你啊，自戀也要有個限度吧！你突然出來到底想幹嘛？沒事的話我要回去睡覺了……」羅娜轉身，心心念念著那張溫暖又柔軟的寬敞床鋪，只是自家的龍王再次出聲攔住了她：「等一下，跟我去外面陽臺談一談。」

「哈啊？你這頭老龍是年紀大了睡不著嗎？我還年輕，可不想浪費寶貴的睡眠時……」話還沒來得及說完，羅娜就被巴哈姆特強硬地抓了起來，硬拉著她往陽臺前去。

「喂，老色龍你到底想幹嘛！」被強行拉到陽臺的羅娜，一路上踉踉蹌蹌，一到陽臺就用力甩開巴哈姆特的手，反過身來不悅地質問巴哈姆特。

「妳身為一名御主，還不打算處理星滅的事嗎？打算將他放置到什麼時候？」巴哈姆特被羅娜甩開手後，直接板起臉來正色地詢問羅娜。

「唔，你幹嘛突然問我這個。」被這麼猛然一問，羅娜有些愣住。

「今天妳明明聽到星滅說的話了吧？」巴哈姆特雙手抱胸，反問羅娜。

「那又怎樣……」

「本龍王不喜歡妳這種逃避的態度，而且這樣的狀態對妳而言也不好。」巴哈姆特又道：「星滅是以靈體的狀態待在妳體內，若非正式訂下契約的式神，靈體只會不斷消耗妳的靈力與體能，隨著時間越久，妳的身體狀態就會越會受到影響。都當這麼久的靈人了，別跟本龍王說這些妳不知道。」

「我當然明白啦……」

聽了巴哈姆特嚴肅又語重心長的話後，羅娜別過目光，眼簾低垂。羅娜有種預感，如果她不給巴哈姆特一個滿意的答案，那今晚大概就不用睡了……

「就算妳不說，本龍王也看得出來。在和宥娜的那場戰鬥中，比起入學考試時，妳的靈力削弱不少。」巴哈姆特認真地對著羅娜說道。

「哈，沒想到你還滿敏銳的嘛……」

「別跟我開玩笑，好好回答我的問題。聽著，不管妳對星滅究竟有什麼想法，都一定要給本龍王好好處理這件事。」

就像羅娜了解巴哈姆特，巴哈姆特也同樣清楚羅娜的個性。雖然這小妮子是勇於迎接挑戰的類型，可是在某些時候，還是會選擇睜一隻眼閉一隻眼、得過且過。

這種時候，巴哈姆特就會跳出來催促她做出決定，拉著她面對問題。

「對於星滅啊……好吧，既然你都追問到這種地步了，不跟你好好談談你這頭老龍是不會放棄的。」羅娜嘆了一口氣，她雙手一攤，說出自己潛藏多時的想法跟煩憂：「坦白說，連我自己也不知道該拿星滅那傢伙怎麼辦。」

在講述這段話的時候，羅娜先瞄了一眼仍睡在另一張床上的星滅，確認對方還是一副睡死的狀態後，她才小聲地對著巴哈姆特說道。

「我就知道，不然妳也不會拖到現在還不處理，果然是不曉得該怎麼辦吧。」得知羅娜的想法後，巴哈姆特露出一副不意外的表情。

「但是，就像你講的……我也確實該做出決定了。」羅娜聳了聳肩，「對於星滅，老實說這陣子相處下來我對他也有點改觀，他就只是很單純想要跟我在一起而已，或者說，他就只是想得到我的認同跟注視。」

「雖然妳這麼說聽起來滿自戀的，但確實是如此。」

「我好歹也是曾經有過一票粉絲的人氣偶像『娜娜醬』好嗎？才不像你這個自我感覺良好的老龍王咧。」沒好氣地回嘴後，羅娜又回歸正題：「星滅生前對我的所作所為，的確讓我滿生氣的。但現在回想起來，聖王學園入學考的考生本就不擇手段，就連我自己也是……何況，星滅的死也是我間接造成的。」

說著說著，羅娜的眼簾低垂，語帶自責。

「那也不能怪妳……」

「話是那麼說沒錯，只是我一直在想，讓星滅跟殺害他的法哈德一同成為我的式神，長久共侍一主這樣真的好嗎？再說，我對星滅也還沒有完全信任，目前來看，根本沒有任何非讓他成為我式神的理由。」

會與法哈德締結契約，是為了掌握當年真凶的線索，況且以現實層面考量，「漆黑的深淵魔王」擁有強大的力量，收為式神在增強戰力上絕對是有意義的。

可是星滅不一樣。

雖然她曾在入學考試時見識過星滅的能耐，她也一度差點成為星滅的手下敗將。但那是星滅同為御主、操控式神時的表現。

如今的星滅，只是一個普通靈體，當初的式神似乎也早已離開……殘酷一點的說法——讓星滅成為自己的式神，對她來說有何好處？

「聽妳的意思，是打算拒絕他並將他趕走了？」巴哈姆特眉頭往上輕挑。

「這個嘛……照理來說，應該是要這麼做啦……」

「依本龍王看，妳會這麼猶豫，是因為被那傢伙影響了吧？」

看出羅娜的搖擺不定，巴哈姆特嘴角微微上揚，莞爾一笑，「這段時間妳雖然一副不怎麼理會那小子的模樣，實際上都有在注意他，對吧？不，應該說妳很難不去注意他。那小子殷勤得很，又一副巴著妳不放、瘋狂迷戀的姿態，換做是本龍王，就算不喜歡，也很難不去注意。」

「都被你說中了……那我還要跟你解釋什麼嗎？」羅娜把自己的臉鼓得跟河豚似的，有些不悅又有些不好意思。內心被看穿的感覺，即便對方是自己再熟識不過的人，羅娜還是會覺得尷尬。

「看穿是一回事，聽妳親自說出來又是另一回事。現在，妳是不是很苦惱該怎麼做才好？」

「明知故問。」羅娜沒好氣地又白了巴哈姆特一眼。

確實，和巴哈姆特說的一樣，縱使有那麼多不願將星滅留在身邊的理由，可內心卻偏偏違背了自己的本意。

說也奇怪，不知為何，就是會在意星滅。看著他俊俏的臉、閃亮亮又真摯注視自己的眼眸，還有那拚命想討好自己的行為……只要想起這些，羅娜就無法狠下心來趕對方走。

「這很簡單，本龍王可以給妳一個解決的辦法？」

「你真有辦法？」聽到巴哈姆特這麼說，羅娜眼睛一亮，一點也不像不久前還昏昏欲睡的人。

「妳不就是想收留那傢伙，可是又不知道那小子到底有沒有當式神的本事嗎？除此之外，還想測試一下那頭狼到底值不值得信任？」

「對啦對啦，就是這麼一回事，你還不快點說是什麼辦法，我的睡眠時間可是很寶貴的！」

「嗯，辦法是有的，只是風險有點大。」巴哈姆特依然故弄玄虛地回應。

「風險？到底是什麼還不快講！不要我逼用式咒……」

「別急，別急，沒記錯的話，明天就要分配職階屬性了吧？本龍王的方法便是——」巴哈姆特湊到羅娜耳邊，低咐幾聲。羅娜聽完後倒抽一口氣，瞳孔微微收縮，詫異地看著這位龍王。

「真的……要賭這麼大？」

「不這樣的話，看不出成果的。」巴哈姆特笑了笑，順手拍了拍羅娜的肩膀。

第四章

Scepter of Rose King

對聖王學園的學生來說，能在聖王學園裡迎接每日的第一道曙光，就是一件值得開心並感到榮耀的事。

這裡的學生絕大多數都是使盡渾身解數、通過實力與人氣的雙重考驗，才能踏入這神聖高貴的門扉。

這份優越感在新生身上尤為強烈，羅娜當然也不例外。

她站在等身鏡子前，逐一扣上制服的鈕釦，穿著完畢後，便開心地在鏡子前轉了一圈，百摺裙襬隨之輕舞飛揚。

「瞧妳高興成這樣子，羅娜。」

巴哈姆特在一旁看著自家御主，微微一笑，心中有一股自家女兒終於長大的感覺。對於羅娜，巴哈姆特常常有兩種情感流經胸口，一種是超越御主和式神之間革命情感的愛戀，另一種就是父親看待女兒的欣慰。

「你又不是不知道我費了多大的勁才穿上這身制服，當然開心啊！」羅娜一邊回應巴哈姆特，一邊繼續嘴角上揚地欣賞鏡中的自己。

「待會要到白薔薇樓進行職階屬性分配吧？不曉得我的百合花會被分在哪個

科系呢。」法哈德站在羅娜另一側，目光同樣落在鏡子上，一起欣賞著羅娜穿上聖王學園制服的模樣。

「反正不要是什麼花嫁系就好了。」羅娜看了一下手表，「啊，得快點才行，九點要準時到白薔薇樓集合！」

羅娜匆忙地跑到門前，坐在鞋櫃旁忙著穿上黑色長筒襪。

「嘶……這個穿襪子的動作還真是……嘖嘖。」巴哈姆特忍不住咋舌。

羅娜馬上瞪了一眼過去：「你這頭老色龍，誰准你偷看了！」

「本龍王才沒有偷看，是正大光明地看。」巴哈姆特理直氣壯。

「真好啊，能夠穿上聖王學園的制服……即便是娜娜醬，還是讓人有些嫉妒呢……」星滅從後頭冒了出來，一臉欣羨地看著羅娜的背影，一條蓬鬆的狼尾巴低垂，微微搖擺。

聽到星滅這麼說，羅娜的心彷彿被刺了一下，隱隱發痛，還帶著一點酸楚。

羅娜不是生氣，而是有些不忍……和她一樣，星滅也是抱持著非凡的決心、曾經努力想要考進聖王學園的考生之一。

若不是因為自己的緣故，他也不會葬送成為聖王學園一分子的機會，還白白丟了性命……

「啊，娜娜醬怎麼了嗎？是不是生氣了？對不起，我不該說這樣的話——」

「不用道歉喔，星滅。」星滅話還沒說完，羅娜便打斷他，瀏海的陰影蓋住了雙眼。

「欸？」星滅愣了一下，不僅僅是羅娜對他說用不著道歉，更是因為他最喜歡的娜娜醬難得地叫了自己名字。

在以往，羅娜大都無視他的所作所為，裝作什麼也沒看見……今天這樣呼喚自己的名字，對星滅來說根本如幻夢一般難以置信。

「你不用跟我道歉……至少，你剛才說的那句話，我並沒有生氣。反倒……」

「反倒？」見羅娜欲言又止的樣子，星滅好奇地追問。

「不，沒什麼，快來不及了，我得趕快出門。」羅娜搖了搖頭，隨後起身匆匆忙忙地跑出門。

才剛踏出宿舍，就聽到後方傳來熟悉的聲音。

「羅娜同學！」

循著聲音回頭一看，羅娜對著迎面快步朝她走來的人回應道：「是小安啊，還真巧碰到妳，妳也剛出門嗎？」

眼看來人是安莎莉，羅娜便跟她聊了起來。

「是呀，今天可是聖王學園分配職階屬性的大日子呢！」

「妳很興奮嘛，難得看妳這麼激動地說話。」

「這是當然的呀，難道妳不想看看到底是怎麼回事嗎？馬上就能知道自己的職階屬性會被分配到哪個科系，光是想像就覺得很刺激呢！」儘管隔著厚重鏡片，安莎莉閃亮亮的目光依舊直射進羅娜眼中。

「嗯……說一點也不好奇是假，但我也沒有像妳這麼誇張就是。」羅娜用食指搔了搔臉頰，相較於安莎莉表現得平靜許多。

「希望可以跟羅娜同學分配到同一個科系！」

「喂喂，妳到底有沒有在聽我說話啊……」看到安莎莉一臉興奮的沉醉模樣，羅娜忍不住吐槽對方。就在羅娜想找其他話題和安莎莉聊下去時，她的眼尾餘光無意間看到了另一人。

「是她……！」

羅娜一見到那人的容貌，就下意識地握緊了拳頭。一旁安莎莉注意到羅娜繃緊的表情，她順著視線方向看去，立即明白羅娜為何如此警戒。

「是宥娜同學……」安莎莉呢喃著。

一個與身旁之人極為相似的名字，不僅名字相像，還有著不管看幾次都覺得神似的面孔……不過，雖然外表相像，給人的氣質卻完全不同。

羅娜同學就像一株太陽花，出身並不嬌貴，不只有著滿滿活力，還充滿了決不輕易低頭的意志。

宥娜同學則是一朵長滿荊棘的紅玫瑰，美麗高傲卻無法靠近，一不小心就會被她刺傷，但她確實擁有著足以自豪的強大。

身為一個旁觀者，安莎莉也很好奇這兩人之間到底有什麼關係？不過，就連羅娜自己好像也是一頭霧水……

「切，一早就看到那傢伙真不是好兆頭。」羅娜沒好氣地別過頭去。

對於宥娜這個人，羅娜也很想探究她的身世背景。為何她會有和自己如此相似的容貌？甚至比起自己，還更了解她的父親？至少，宥娜很清楚那張「皇帝」的塔羅牌背後的涵義，也知道父親會有那樣代稱的緣由。

原以為法哈德跟巴哈姆特會知道點什麼，畢竟那兩人比起自己跟在父親身邊的時間更長。但巴哈姆特不知情就算了，怎麼連法哈德也是一問三不知的模樣，讓羅娜徹底放棄從他們這邊下手了。

不過總有一天，她一定要把那傢伙抓來好好逼問清楚。直覺告訴她，那女人或許和她要查的命案有所關聯！

「噓，小聲點，若是被宥娜同學聽見，妳們搞不好又要打起來了……」安莎莉將食指抵唇前，向羅娜噓了一聲。比起羅娜，她這個旁觀者反而顯得更加害怕。

羅娜是她的朋友，安莎莉可不想再看到羅娜無端捲入爭鬥之中，最後又落得被懲罰的結果。

「安啦，如果這樣都能打起來，那個女人根本就是鬥雞或鬥牛了吧？」相較之下，羅娜說得一派輕鬆，一點也不緊張擔心。

「羅娜同學我說妳啊……」安莎莉的神情更緊繃了，她一邊急著勸阻羅娜，一邊又頻頻偷看宥娜的反應。

只是她話才說到一半，宥娜顯然是聽到了羅娜所言，冷冷地回了一句：「我不是那種隨時都會開戰的愚蠢生物，要戰，以後多的是機會。」

撂下這句話後，宥娜輕甩著她黑色的長直髮，握緊手中的武士刀揚長而去。

「聽到了吧？以後多的是機會，小安妳就別瞎操心了。」看著宥娜遠去的背影，羅娜轉過身來對安莎莉聳了聳肩膀。

「怎麼可能不操心啊……我也真是服了羅娜同學，妳怎麼可以這麼輕鬆地應對……」安莎莉嘆了口氣，怎麼覺得自己像人家的老媽一樣呢？

不過，經過這次與兩人的偶遇，安莎莉更能感覺出羅娜和宥娜之間的不同。儘管有著莫名相似的外表，也有著同樣桀驁不遜的眼神跟姿態，但真要說起來，宥娜更像是隨時都在戰鬥狀態的武士，性格更加直接且殺伐果斷。

至於羅娜同學……這麼說好像不太好……

「羅娜同學……某種層面上來說，就像是聰明又卑鄙的痞子呢……」

安莎莉認真覺得，羅娜可能事先就猜到宥娜不會真的和自己打起來，在這個前提之下，故意刺激挑釁對方。

安莎莉得出了一個結論——不管羅娜還是宥娜，都不是好惹的人物！

「啊，終於到白薔薇樓了，我記得是先去左手邊的白薔薇大廳集合……」

羅娜抬起頭來，看著眼前這棟以白色大理石為主的建築，正上方雕刻著一個醒目的白薔薇圖騰，外圍則用朱紅色點綴，使整體看起來更令人印象深刻。

只要踏入這裡，很快就能知道自己適合的職階屬性以及未來科系吧？

深吸一口氣，羅娜來到這裡反而開始有些期待跟緊張的情緒，隨後毫不猶豫地走進眼前這棟白薔薇樓。

一進入大門，就看到許多早已在白薔薇大廳等候多時的新生，在人群中，羅娜也看見了不少熟面孔。最引人注目的，是所有新生崇拜與討論的目標，以第一名的姿態考進聖王學園的賽菲。

一如既往，有著俊俏高冷外表的賽菲，還是擺著一張萬年臭臉面對身邊想搭話的同學。但羅娜對如此高傲的姿態並不討厭，她向來不會去嫉妒或厭惡有實力的人，因為換做是自己，也大概希望和其他閒雜人等保持距離吧。

說真的，羅娜挺好奇像賽菲那樣的資優生，最後會是什麼樣的職階屬性？不知道會不會跟她分配到同一個科系？

「那個討人厭的傢伙也來啦……還是跟之前一樣囂張跋扈呢……」

一轉頭，羅娜就看見待在另一處的王任。

她還記得，那小子是現任議長的寶貝獨生子，渾身上下都散發出暴發戶的氣息。他的身邊總是圍繞著一群狐群狗黨，羅娜向來最看不慣這種人。

「羅娜同學，別跟那傢伙對上視線……」安莎莉在一旁拉了拉羅娜的袖子，音量壓得低低的。

「哦，對上又如何？我說小安，妳別總是畏畏縮縮的，像那樣的傢伙我們根本用不著怕他。」羅娜抽手，拍了拍安莎莉的肩膀。

「哼，講那麼大聲我都聽到了，吊車尾進來的兩個傢伙。」王任突然轉過頭，視線狠狠地瞪向羅娜，同時朝她和安莎莉走了過來。

「我就說別跟他視線對上了……」

「沒關係，我來處理。」羅娜輕輕將安莎莉推到自己身後。

「哦？想逞英雄嗎？不過吊車尾終究是吊車尾，這能耐也只能當個『狗熊』了。」王任咧嘴一笑，字裡行間盡是赤裸裸的輕蔑與嘲笑。在他這麼一說後，圍繞在王任身邊的人群也哈哈大笑起來，應和著王任。

「是狗熊還是英雄，之後可以找時間試試。我也想看看只會靠爸的富二代又有怎樣的水平？」面對王任，羅娜毫不客氣地火力全開。

「妳！哼！還是這麼伶牙俐齒，好啊，我會怕妳嗎？既然都下了戰帖，日後可不要哭著向我求饒！」王任氣得咬牙切齒，隨後也不甘示弱地對羅娜說道。

面對滿臉怒氣的王任，羅娜只是輕鬆地笑了笑：「隨時恭候。」

王任氣得臉頰漲紅，正想再說些什麼，前方再度傳來麥克風的聲音。

「咳咳，各位早安，感謝各位新生今天準時蒞臨白薔薇大廳。順帶為大家介紹一下，這棟白薔薇樓位於白薔薇校區內。各位應該知曉，我們聖王學園由於校地廣袤，總共分為五大校區對吧？白薔薇校區只是其中一處，其他四大校區分別是紅薔薇校區、黃薔薇校區、藍薔薇校區，以及位於中央的聖薔薇校區……」

前方大廳舞臺上站著的男人，有著矮矮胖胖的身材、和藹可親的外表，白頭髮白鬍子讓他看起來像慈祥的老人。

羅娜並不曉得這人是誰，心想著大概是聖王學園的教職員吧？雖然外表其貌不揚，但能在聖王學園內任職，應該也是有不容小覷的實力。

「那位是聖王學園白薔薇校區的主任，羅白先生。聽安倍……我是說，聽學長姐說，大家私下給他取了一個綽號叫『羅老』。羅老也真是如傳聞中的一樣，是個有機會就想介紹聖王學園的人呢。」安莎莉湊到羅娜耳邊，跟她介紹臺前這位對羅娜來說陌生的臉孔，「學長姐還說，羅老是一個沒事喜歡抽問學生聖王學園相關問題的人。羅娜同學，他說的話最好記一下呢。」

「等真的被抽到再來煩惱啦！不過，還真看不出來他居然是區主任……等等，聖王學園大到需要指派各個校區的區主任喔？不是通常只有訓導主任跟總務主任之類的？」羅娜早就把羅白的介紹拋諸腦後，倒是區主任這個職位讓她頗為意外。

「聖王學園和其他學校不同，我猜大概是為了方便管理才設置校區的區主任吧？而且啊，每一個校區其實有不同的獨立體制，基本上除了聖薔薇中心的高層外，區主任都可以自行決定自家校區的大小事，包含經費的使用跟學生的去留。」安莎莉推了推眼鏡，一臉認真地說著嚴肅的消息，「除此之外，我還聽說……雖然表面上各大校區相安無事，實際上彼此都是競爭關係，為了爭奪從聖薔薇發放下來的資源，私底下可是鬥得凶呢。」

「哇，小安，沒想到妳知道的這麼多，妳其實是八卦女王吧？」

「什、什麼八卦女王，這是身為聖王學園的一分子都該知道的吧？是羅娜同學妳太不認真了解了啦！」被羅娜這麼一說，安莎莉反而有些害臊地紅了臉，難得略顯激動地反駁。

「校區之間私下競爭什麼的……一般學生不會那麼了解吧？若這不是八卦，什麼才是八卦？話說回來，妳又從哪些『學長姐』口中得知的啊？」

羅娜雖然這麼問，實際上也多少猜到安莎莉的情報來源了。

「是安倍……唔，真是的，好好認真聽羅主任怎麼說啦，可別忘了這攸關我們接下來的職階分配呢！」

不知為何，每每只要提到安倍學姐，安莎莉就顯得一副不願多談的樣子。羅娜很早就注意到這點，但總覺得這是人家的隱私便沒有過問。

同時，臺上的羅白主任接續說：「我們白薔薇校區很榮幸在今年擔當執行測量職階屬性、分配科系的工作，相信我們會認真嚴謹地完成工作，如同我們校區的象徵『白薔薇』一樣完美無瑕。」

「嗯，果然感受到和其他校區競爭的意味了。」

看來，不僅僅是入學考試讓考生鬥得你死我活，即便在校內也是暗潮洶湧呢。

「待會，會以安排好的名單順序來進行分配，現場會有專門的人員向各位同學講解。順帶一提，這個感測器是由『薔薇王者權杖』的力量所製成，是我們聖王學園不可或缺的重要儀器，每年新生都是靠此評斷出適合的科系……」

比起羅白的介紹，羅娜更想親眼一睹傳聞中的感測器長什麼模樣。當校方人員神神祕祕地用手推車推出一樣蓋著紅色絨布的東西時，羅娜立刻睜大眼睛，不斷踮起腳尖想要一探究竟。

從外觀上來看，那個感測器應該方方長長，不過高度不怎麼高，這樣的外形實在難以猜測。

只是當紅色天鵝絨布掀開的剎那，羅娜卻露出了一臉錯愕。不僅是她，身邊的同學們也一陣喧嘩，因為這和他們想像中的感測器實在相差太多。

「這就是……由薔薇王者權杖的力量製成的感測器……？」

安莎莉同樣傻眼地看著前方的感測器，在她身邊的羅娜忍不住直呼：「與其說是感測器——這個根本就是棺材吧！」

「對對對！這是棺材吧！」

「原來是棺材啊！我還想說是什麼玩意呢！」

在羅娜說出「棺材」這個詞後，其他在場的學生們也都跟著點頭如搗蒜地應和。

因為實在太像了！

純白色的大理石製成，方長的尺寸剛好可以容納一個人躺入，外觀也幾乎和普通棺材沒什麼差異，除了外表雕刻著瑰麗的薔薇圖騰與浮雕。

「無禮，你們這群新生真是不具慧眼啊！」羅主任聽到現場新生這麼說後，本來和藹的臉孔馬上出現慍色。

「這個感測器名叫『虛擬薔薇』，可不是你們所說的棺材。好了，現在叫到名字的學生請上前進行檢測……」羅主任拿起手中的名單，照著上頭的順序叫喚學生姓名，「羅娜同學，請出列。」

不知該說是幸運還是不幸，第一位上場接受「虛擬薔薇」檢測的新生，就是被突然點名顯得有些反應不過來的羅娜。

「咦?是我嗎?」被叫到名字的幸運兒（?），有些不知所措地指著自己，愣愣地看著四周。

直到身邊的安莎莉拍了她肩膀一下：「羅娜同學別懷疑，就是妳啦！」同時，旁邊也傳來新生們的竊竊私語。

「哈哈，第一個上場的白老鼠。」

「吊車尾就是要當白老鼠呀！」

「真想看看她到底會分配到哪一個科系，人家可是不想跟她同一個科系呢！」

諸如此類對羅娜一點也不友善的發言，大都傳進了羅娜耳中。

安莎莉同樣也聽到了，她有些憂心地看向羅娜，只見羅娜沉著臉，不發一語。

正當安莎莉想上前安慰幾句，羅娜突然抬起頭來，露出了令她意想不到的表情。

她在微笑。

羅娜正咧嘴笑著。

看到羅娜如此充滿自信的笑容，像是要跟所有不看好她的人宣戰一樣。

這就是羅娜，也是安莎莉之所以會想接近羅娜、成為她朋友的原因。

彷彿無論如何都不會被他人的眼光所影響，越是貶低她，羅娜越能挺起胸膛。看到這樣的羅娜，安莎莉本來的擔憂全都一掃而空，她的嘴角也不自覺地跟著微微翹起。

「羅娜報到！」羅娜走上前，舉起手對著剛叫到自己名字的羅主任行禮。

「很好。羅娜同學，接下來請聽相關人員的指示。」羅主任朝羅娜點了點頭，眼神中似乎有著對羅娜這份勇氣的肯定。

在羅主任這麼一說後，旁邊手裡拿著類似儀表板物體的操作人員便向羅娜走近。

「請妳先拿著這個，進到虛擬薔薇裡再戴上。」

操作人員向羅娜遞出一副護目鏡，羅娜接過物品後，操作人員又請她進到「虛擬薔薇」裡。

「戴上它後再躺下來，待會就要進行感測了。」羅娜照著指示，緩緩躺進這具被笑稱是「棺材」的「虛擬薔薇」裡。

躺下後，棺蓋……不，是「虛擬薔薇」的蓋子沉穩又緩慢地闔上，裡頭的羅娜頓時覺得眼前一片黑暗。

說完全不緊張是騙人的。羅娜躺在這冰冷又伸手不見五指的裝置裡，對於接下來的未知狀況感到心跳加速、神經緊繃。

不過她不斷告訴自己：沒問題的，無論如何，她還有體內的式神陪伴著。

「通訊測試——羅娜同學聽得到聲音嗎？」

從護目鏡裡傳來聲音，羅娜馬上回應：「有聽到喔。」

在羅娜做出回應的同時，本來昏暗的視線隨之一亮，一片金燦燦的光明進入眼簾之中。

羅娜還沒反應過來，又聽到操作人員對她說：「羅娜同學，待會將正式進入感測，妳接下來所見到的都是虛擬畫面，不會產生實質上的危險，請放心。」

「哦……所以這果然是虛擬裝置啊……但為什麼搞得像棺材一樣呢……」

雖說「虛擬裝置」這件事還算是在她意料之內，只是羅娜搞不懂，製造出「虛擬薔薇」的開發者在想什麼，審美觀到底是有多奇葩才會把它做成棺材的模樣啊？

「羅娜同學，虛擬薔薇的收音效果很好，不管妳音量多小都會被聽到喔。」

「哇，抱歉抱歉，當我沒說！」聽見操作人員這麼說，羅娜有些慌張地致歉。

「在進入正式測試之前，請羅娜同學告知妳要帶上哪一位式神。依我們了解，妳體內目前有兩位正式式神，以及一名靈體，在接下來的測試過程中，我們只能讓一名式神留在妳身邊，請配合。」操作人員的聲音繼續透過護目鏡傳來，對於這個要求羅娜倒是一點也不意外。甚至，她早就針對這點做了準備與決定。

雖然對「虛擬薔薇」的實際運行模式還不是很清楚，但只能留一名式神在身邊的事她卻早有耳聞。

至於是怎麼打聽到的……當然要感謝八卦女王安莎莉了。若沒有安莎莉拉著她扯東扯西的，羅娜大概也不會知道這件事。

忽然覺得，有個八卦的同學當朋友好像也不錯？

「那麼，請問羅娜同學要留下哪一位式神共同進行測試？是『深淵魔王法哈德』？還是『龍王巴哈姆特』？」

再度傳來操作人員的詢問，然而羅娜最後的抉擇是——

「都不是——」

羅娜深吸一口氣，吐出一個完全不在對方預想之內的名字：「我選擇星滅！」

另一頭的操作人員頓時沉默，似乎對羅娜的選擇相當錯愕。過了一會操作人員才開口，再次確認地問道：「羅娜同學，妳確定要選擇星滅？從我們收到的資料來看，星滅應該只是妳體內的一個靈體？是非正式締結契約的式神喔？」

「我很確定，但我就是要選擇星滅。」羅娜說得非常堅決，她的這席話不僅讓操作人員難以置信，在她體內一直未出聲的星滅也同樣震驚。

然而，巴哈姆特卻露出一道輕輕的笑聲。

好不容易回過神來，遲了幾秒後星滅才驚訝地出聲：「等、等一下！雖、雖然我很高興沒錯……但娜娜醬妳這是怎麼回事！怎麼會選我？他們要的可是式神耶！我又還不是……」

「星滅，你不是很想證明給我看？」

「什……」面對羅娜突如其來地反問，向來伶牙俐齒的星滅一時啞口無言。

沒錯，他的確想要證明，想要證明給羅娜看，自己有足以擔當她式神的實力！

儘管這機會來得太過匆促，讓他有些措手不及，但他不想去思考羅娜這麼做的原因和理由……

「我星滅——」雖然還未現形，羅娜卻聽得見他倒抽一口氣的聲音，以及接下來無比肯定的回答，「一定會向妳證明，我值得成為妳的專屬式神！」

沒有絲毫動搖，也沒有半點猶豫，星滅說得斬釘截鐵，不久前的震驚全都消散，只剩下堅定的信念。

羅娜嘴角微微上勾，滿意地笑了笑回答：「很好，這就是我想聽到的答案。星滅，這次就看你表現了。」

雖然操作人員說過，待會看到的都只是虛擬實境，聽起來好像沒什麼危險和挑戰性……可是以羅娜過去對聖王學園的了解，以及從安莎莉那邊聽來的傳聞，即便是看似安全的職階屬性測驗也不能掉以輕心。

「好吧，既然羅娜同學如此肯定，那麼虛擬薔薇的測試即將開始——」操作人員的聲音傳來的同時，羅娜也感受到體內的另外兩位式神逐個離開，最後只能感應到星滅的存在。

眼前的光線跟著增強，很快地變成強烈刺眼的萬丈光芒，淹沒羅娜眼前的一切，甚至連她的意識都一同被覆蓋其中……

第五章

Scepter of Rose King

「唔……」

羅娜試著睜開眼皮，當第一道光線射進她的雙眼中時，她也聽到身旁傳來熟悉的聲音。

「娜娜醬、娜娜醬？妳醒過來了嗎？」

「唔……星滅？」

羅娜循著聲音轉頭一看，映入眼簾的，正是一張俊俏卻略帶稚氣的男性臉蛋，以及對方那難以忽視的可愛小虎牙。

「娜娜醬，妳可終於醒了，我還以為妳還要睡很久呢。」星滅像是鬆了一口氣，對著羅娜搖頭苦笑，聳了聳肩膀。

「我昏睡了很久……？」羅娜一邊提問，一邊困惑地微微蹙起眉頭，目光開始掃視周圍的景色。她看到自己正躺在草地上，四周是一望無際的青青草原，充滿了荒野的氣息。

唯有她躺臥的地方有一棵樹木做為遮蔽，樹蔭替羅娜擋去熾熱的陽光，羅娜很快就意識到，應該是星滅將她移到此處的。

這小子看起來總是稚氣未脫的樣子……實際上，卻是個心思縝密的傢伙啊。不管是過去在與她對戰時，還是如今對她的這份體貼上。

這樣的特質，某方面來說確實是好事，可是一旦與星滅為敵，就讓他成為了可怕又令人猜不透的對手，否則當初在入學考的時候，她就不會那麼悽慘了。

話說回來——

「這是哪裡啊？我們被傳送到什麼奇怪的地方？」羅娜坐起身後，再次認真地看了一下身邊的景象，最後回過頭來，一臉困惑地問向星滅。

雖然她不認為自己會從星滅口中得知答案，畢竟他也是跟自己一起、第一次被傳送到這種地方吧？在這種前提之下，那傢伙怎會知道呢……

「不是傳送，我們是進入了虛擬實境的狀態中，娜娜醬妳真是睡昏頭了吧。不過出乎我的意料之外，我以為虛擬場景應該會跟妳有關聯，畢竟妳才是接受測試的御主……」

瞧見星滅似乎若有所思、欲言又止，羅娜愣了一下，過了幾秒才問：「看你這副表情……該不會……你知道這裡是何處吧？」

「啊，這種似曾相識……不，是太過熟識的場景……」

星滅緩緩站起身，背過身去，面向前方。燦爛的陽光和熱情中挾帶青草味道的風，一同迎面落在他的身上。

羅娜注視著星滅的側臉，以往從沒好好地注視著他，如今看來，星滅其實比她平常感覺的還要俊逸，那總是外露的小虎牙更添個人特色。金色馬尾隨風微微擺動，綠色眼眸中流轉著一股難以言喻的野性，一身黑色緊身衣使身體曲線明顯好看，一條蓬鬆的狼尾巴正平靜地垂放著。

此刻的星滅，比平時還要來得更加安靜與嚴肅。看到這樣的他，即便星滅還未說明……她心裡大概也有了底。

這個地方，很可能就是星滅的——

「這裡是我的故鄉——我們影狼族曾經的故鄉。」星滅如此說道，語氣中有著深深的感嘆，以及一抹淡淡的傷感。

「你說這裡是……影狼族曾經的故鄉？」

羅娜眨了眨眼睛，僅管多少猜測到和星滅有關，但她更在意的是「曾經」那兩個字。

她對影狼族的認識不多，只知道是一支少數民族，後來更是覆滅在歷史的長河中。羅娜不清楚影狼族是怎麼絕跡的，很少人去深入了解過，也沒有太多媒體追蹤報導，就好像他們的存在被抹殺了一樣……

雖然感到奇怪，但羅娜認為現在並非追根究底的時候。

那為何「虛擬薔薇」會選擇用星滅的故鄉做為測驗場景呢？

「我也很意外為什麼會這樣……不過，這應該是娜娜醬選擇我擔當臨時式神的緣故。換句話說，虛擬薔薇應該是以式神的身分背景做為測驗舞臺。」

「我說星滅……你看起來比平常更成熟穩重呢。」

「咦？娜、娜娜醬妳在說什麼啊……」星滅被羅娜這一句話弄得有些反應不過來，兩頰很自然地微微泛起紅暈。

「我是說，你看起來少了平常的瘋癲，這樣講就不會害羞了吧？」羅娜的嘴角有些壞心眼地揚了揚。

「唔！想不到娜娜醬妳也有能對我說這種話的時候啊……還真是服了妳，真不愧是我最喜歡的娜娜醬。」瞳孔先是微微收縮，又很快地恢復正常，星滅最後莞爾一笑。

「嗯，如果你表現得好，往後應該還有更多機會聽到我對你說類似的話。」

羅娜走到星滅身旁，輕拍了對方的肩膀一下。

這一下，對星滅而言是特別。

自從成為靈體跟在羅娜身邊，羅娜總是對自己採取冷漠或忽視的態度，更別提會主動接觸自己。

明明在旁人看來，不過是毫無意義的拍肩動作，在星滅的眼中卻是那般地與眾不同……不，應該說，羅娜的一切都是與眾不同。

「聽起來好像很不錯呢，只要和妳一起通過測驗……就能成為妳的式神對吧？」星滅突然話鋒一轉，口氣也變得認真起來。

「算是吧，不過前提是你要好好證明給我看啊。這次的測驗對我來說只是為了要分配科系，但對你而言——就是一場是否能成為我的式神的考驗！」羅娜朝星滅伸出手，毫不委婉地直指著他，大聲宣告。

終於輪到她考驗別人的一天啦！

以往只有她要不斷接受各種測試和考驗，如今，星滅既然這麼想成為她的式神，那麼就讓她好好見識一下這傢伙的能耐吧！

這便是巴哈姆特的主意。

那天晚上，巴哈姆特湊在她耳邊，要她把握這次只能帶上一個式神的機會，好好考驗一下星滅的決心和能力。

雖然這麼做多少有些風險，畢竟聖王學園的測驗前科累累……但她必須下定決心，不能做個半吊子的御主，必須對於星滅的去留做出決定。

「我會的，等著瞧吧，娜娜醬。」星滅信誓旦旦地回應。隨後他看向四周，「不過我必須告訴妳……我們影狼族的故鄉可不是什麼溫馨安全的好地方。」

「這話是什麼意思？」羅娜納悶地問向星滅，同時也看見星滅的臉色再次凝重起來。

「娜娜醬不瞭解我們影狼族的特性吧……」

「當然不瞭解啊，你們影狼族可是很神祕的一族呢。對我們一般人來說，甚至是傳說般的存在，至少我是認識你後，才算第一次和影狼族有了接觸。」

「那麼我必須告訴妳——影狼族對身為『女性』的妳，有相當大的威脅。」星滅語重心長地對著羅娜說道，除此之外，他還特地將「女性」這兩個字加重語氣。

「等等，我還是不懂你是什麼意思……」話還未說完，一頭霧水的羅娜就被星滅一把牽起了手，拉著她往前走。

「總之，此地不宜久留，必須找個安全且隱蔽的落腳處……在其他影狼族人發現妳之前。」星滅在說這段話的時候，神情看起來相當緊繃，握著羅娜手的力道也似乎不自覺地加重。羅娜雖然困惑，可她也不是那種「我不走除非你告訴我原因否則我不走」的煩人類型。

她知道星滅想要證明他自己，想要成為她的式神，因此再這種前提下，星滅是不會無故做出不利於她的行為。也就是說，星滅如此戒慎，肯定有他的理由。

沒有再多問什麼，縱使滿腹的疑問，羅娜還是先跟著星滅行動再說。一路上，周遭都是清一色的綠色草原，翠綠的草叢長得比牛羊還高，頗有「風吹草低見牛羊」的遼闊感。

泥土的滋味、青草的味道，混合著朝羅娜的鼻腔襲來。星滅走得很急，深鎖的眉頭不見舒開，這樣的反應讓羅娜心中疑問的雪球越滾越大。

影狼族的故鄉到底有什麼好怕的？

又跟她身為女人有何關係？

「那裡有一間破屋，應該可以先躲藏一下……」星滅的聲音從前方傳來，打斷了羅娜的思緒。她抬頭一看，不遠處確實有一間破舊的矮房，四周則是被枯樹和雜亂生長的草叢包圍。

不過說真的，目前他們是處在虛擬實境的狀態中吧？

雖說不能確定完全沒有危險，但真有必要如此緊張小心嗎？該不會只是星滅太想表現而求好心切？

「我說星滅，你是不是太緊張了？事情應該沒有你想得這麼糟糕吧……」

「我知道娜娜醬妳想說什麼，妳認為這不過是虛擬的場景，但以我過去所遭遇的經歷來看……和影狼族扯上關係的都不會是什麼好事，對身為『女人』的妳而言更是如此。」再次強調羅娜身為女性的這件事，星滅的眼神並沒有半分輕忽鬆懈。

「那你是不是該解釋一下，到底跟我身為女性有什麼關係？還有，用不著一直拉著我，我自己會走。」羅娜說著，同時甩開星滅的手，不過行進的速度並沒有因此減慢。

「用不著我解釋……因為妳很快就會知道了。」星滅壓低嗓音，同時做出準備戰鬥的姿態。羅娜一臉茫然，她明明什麼都沒有看到，而且距離前方那棟房子也只差一點距離，星滅為何在此時突然停下？

可是見到星滅這般警戒，即便是狀況外的羅娜，身體也做出了反應，表現出隨時可以戰鬥的姿態。

「那個氣味……果然來了……」星滅露出虎牙，躬起身子，平常總是悠哉垂放搖擺的狼尾蓬鬆炸開，直直豎起。

羅娜完全不曉得發生了什麼事，但見星滅這副模樣，羅娜不禁緊咬下唇，冷汗忍不住沁了出來。

「唔！」

一聲驚呼，前一秒看似毫無異象的草叢之中，赫然衝出數道黑影，挾帶著殺氣朝他們襲捲而來！

「小心！他們目標是妳！」

星滅的警告剛傳過來，羅娜上方突然竄出一道身影，她一個措手不及，身體反應慢了半拍。

正當羅娜心想「這下糟了」之際，星滅從斜前方衝了過來，亮出銀亮銳利的爪子：「退開！我不許你們傷害娜娜醬！」

剎那，一道鮮血在羅娜的眼前乍現，星滅揮爪的瞬間，本要突襲羅娜的身影受了傷後又迅速退了回去。

「這是……怎麼回事？」

羅娜愣愣地睜大雙眼看著星滅，現在她終於了解到自己的處境確實危險，可她還是不明白到底發生了什麼。

除此之外，明知是虛擬實境，這種恐怖逼真的感覺還真是讓人毛骨悚然！

「影狼族就是這樣危險的種族，娜娜醬妳好好待在我的背後。」

儘管星滅的回答並沒有解開羅娜的疑惑，可羅娜也不是笨蛋，這可不是什麼普通的戰鬥，畢竟式神之間的戰鬥通常不會直接對御主下手。然而，這影狼族的人卻直接鎖定她出手，無論是不是虛擬出來的，她最好都小心為上！

環看四周，羅娜緊挨在星滅身後，在他們周遭有四道身影，四位影狼族的男性皆赤裸著上身、露出壯碩的胸膛，下半身則是黑色緊身褲，露出一條象徵影狼族的尾巴。

看起來每一個都不好惹啊……

羅娜嚥下一口口水，看著這一個個身材高大健壯的影狼族人，羅娜打從心裡感到棘手。她將視線再次看向星滅，心想：這傢伙真的靠譜嗎？

只是說也奇妙，即便沒有和星滅締結式神契約，僅僅只是靈體的他，在這裡居然就宛如式神一樣，可以化出實體。

大概是因為這裡是擬真環境，星滅才得以像式神一樣吧？

「我說星滅，你有辦法打倒他們嗎？」羅娜低聲問道，有些緊張，目光不時瞄向那些彷彿定格不動的影狼族人。

「如果我說沒辦法的話，不就會喪失成為妳式神的資格了嗎？不過，這些人還真是不好對付……他們會為了掠奪『妳』而用盡一切辦法。」

「我還是不懂啊，為什麼這些影狼族人要針對我？我是女人又怎麼了嗎？哪裡得罪他們了？」

「這個不好解釋，況且這種正面對決的作戰方式相當不利於……」星滅話還未說完，原本定格的四名影狼族人突然同時對星滅與羅娜展開攻擊！

「戰狼模式——旋風爪！」一見到四名影狼族人包圍上來，星滅馬上跟著出招。他跳起身，將身體迅速旋轉，鋒利尖銳的爪子就像旋風般襲捲對手！

四名影狼族人也並非弱者，他們沉默地從容應戰。其中兩人雖暫時被星滅打退，另外兩人卻持續逼近，繼續與星滅拉鋸。

只是星滅還來不及擊退眼前的兩名對手，就見重新爬起身的影狼族人對落單的羅娜再次發動攻勢！

「羅娜——」

雖然瞬間將牽制住自己的兩名對手擊退，只是星滅依舊慢了一步，他眼睜睜地看著手無寸鐵的羅娜就這麼被影狼族人捉住。

羅娜努力地想從對方手中掙脫，無奈影狼族的力道之大，她自知這樣下去是絕對不可能逃離的。即便如此，羅娜仍不死心地扭動掙扎，眼神頻頻看向星滅，她本來就不是什麼練家子，要靠自己打贏這些影狼族絕無可能，唯一能求助的只剩下星滅了。

星滅正想衝過來營救羅娜，卻見挾持羅娜的影狼族人用利爪架在她脖子上，被迫愕然地止住動作。

「可惡……！」緊咬著下唇，唇色因此泛出蒼白，不甘心的星滅幾乎要把嘴唇咬出一個洞來。

要是他能再強大一點就好了！

要是他能像巴哈姆特或法哈德那樣厲害就好了！

娜娜醬一定很後悔選擇他做為這次測試的臨時式神吧？

可是他又能如何？此刻正面衝突的話，娜娜醬恐怕就會……就算是虛擬實境，但誰又能保證娜娜醬真的會毫髮無傷？

總之，他怎樣都不願也無法接受自己最重視、最喜歡的女人受到傷害！

「星滅……」

羅娜有些擔心地看著星滅，看著他狼尾直直豎起，充滿憤怒。然而他的眼神卻滿是不知所措，顯然不曉得該如何應對這個不利的局面。

同時，羅娜也感受到來自頸項的威脅，與星滅相似的狼爪冷冰冰地架著，對方隨時都可以刺穿她嬌嫩的頸子、切開她脆弱的血管。

羅娜就連吞嚥口水都不敢，她自知自己就像籠中鳥，只能等待、繼續等待，然而結果恐怕也不一定能如她預期……

可是，星滅接下來的動作，卻完全不在她的設想之內。

當著羅娜的面前，星滅竟然一個回頭，趁著影狼族人有所鬆懈之際，迅速抽身逃離現場！

「什麼……？」

難以置信！

實在難以置信！

這小子竟然丟下她就這麼逃走了？

一方面錯愕不已，另一方面又有股怒氣快速醞釀，羅娜不敢相信自己得到的答案竟是如此！

本來還指望這小子能夠救下她，好吧，縱然沒有辦法救下她，好歹也會跟她奮鬥到底不是嗎？

想不到星滅居然丟下她臨陣脫逃！

實在氣死人了！

她到底為何要選這傢伙一起接受測試啊！

不過話又說回來……

「那個……我們有話……好說……？」羅娜掛著僵硬的笑容，勉強地揚起嘴角，抽搐般笑著對架著自己的影狼族人說道。

接下來她的命運又會如何？

明知身處在虛擬的世界之中，明知這只是聖王學園為了分配職階屬性的測試，但這種逼真到令人難以分辨虛實的感覺，還是讓羅娜頻頻冒出冷汗。

第六章

Scepter of Rose King

眼前的情況，羅娜完全處於狀況之外。

她就像根木頭一樣，傻愣愣地站在原地，看著從幕帳後方走出的兩名少年朝她尊敬地蹲下身，將手裡捧著的東西緩緩上舉。

「你們……這是在幹什麼？」

眨了眨眼，羅娜看著這兩名容貌清秀的美少年像是上呈貢品般，一時間無法理解。

回想當時被挾持的情形，羅娜自認像是從鬼門關前走了一回。

她眼睜睜看著星滅那臭小子逃離現場，只能努力試著和影狼族人溝通，看看事態能否有轉圜的餘地。她壓根不曉得影狼族為何會鎖定自己，至今星滅那句「因為妳是女性」的話仍舊是個疑問。

天知道她身為女性做錯了什麼？

原以為自己該不會要被就地斬殺，而這場虛擬實境的測驗也就會當場結束之時……孰料，擒住她的影狼族人竟什麼也沒說，各自板著一張嚴肅的臉將她強行帶回。

還記得那時候她整個人被突然扛了起來，就像貨品一樣被扛在一名影狼族男性的肩膀上。任由她不斷拳打腳踢，不顧自己會從對方肩膀上摔下來的舉動，影狼族人就這麼一路牢牢地將羅娜扛回家。

與其說是「家」，影狼族人聚集的地方更像是「部落」。這裡沒有任何水泥或鋼筋建成的屋子，放眼所見是一頂頂的帳篷。

影狼族的帳篷座落在一片廣大的草地上，幾乎看不太到現代化的痕跡，讓羅娜有種來到荒野游牧民族聚落的感覺。

不，應該說影狼族本身就是游牧民族吧？

這裡特別多的牛跟羊，還有許多影狼族人騎著高大的馬匹，行走徘徊在部落附近。影狼族的帳篷也相當具有特色，布滿各種奇特且色彩繽紛的刺繡，旌旗高掛、隨風飛舞。

她一進入影狼族的部落後，就不斷接收到來自四面八方的視線，那些出現在附近的影狼族人頻頻朝她投以各種不懷好意的目光，讓羅娜覺得全身都要被看穿似地不自在。他們指指點點的目光彷彿是在評論「物品」一般，而非以「人」的身分去看待羅娜。

後來，羅娜被送入一頂無人的帳篷中，她頓時變成了一隻籠中鳥。帳篷內雖然簡單樸實，但算得上應有盡有，而帳篷外則有專人看守。

倘若是平常，這種狀況依靠她的式神就可以迅速解決……對，只要巴哈姆特或法哈德在的話，她根本就不會淪落到這種地步吧？

相較之下，那同為影狼族的臭小子到底在幹嘛！

雖說這裡是影狼族的故鄉，但畢竟是虛擬薔薇創造出來的虛假世界，星滅一個人逃走又能做什麼呢？

只要她沒有從虛擬薔薇的世界中醒來，照理來說，星滅應該也離不開這裡才對。

在想到這點後，羅娜更難以理解星滅逃走的原因。

她將注意力重新拉回當下，也就是眼前這兩名跪在自己身前的影狼族美少年。

「請『御女大人』更衣沐浴。」其中一名影狼族的少年，用畢恭畢敬的聲調對著羅娜說道。他的頭依然低垂，似乎不敢直視羅娜一般。

「哈啊？你稱呼我什麼？」羅娜一頭霧水，眉頭一挑對著影狼族的少年問道。

她真搞不懂這些影狼族，明明把她搶過來時那般粗暴，剛被帶進來時周遭的族人也用非善類的眼神看著她……但現在，這兩名影狼族少年卻叫她什麼來著？

「御女大人，若您不想自行更衣沐浴，不嫌棄的話，請讓我們服侍……」

「等、等等！給我等一下！你不僅沒有回答我的問題，還擅自說什麼要……要『服侍』我？」本來坐在草蓆上的羅娜馬上站起身，直指著面前兩名影狼族的少年大吼。

「小、小的知錯了……還、還請御女大人別生氣……」兩名影狼族少年一聽到羅娜如此怒喊，嚇得他們的狼尾巴立刻捲縮成一團，瘦削的身軀明顯地發抖著。

「呃，我也不是生氣啦……」

看到這兩名影狼族少年如此懼怕，羅娜一時間反而有種自己好像凶過頭的自責……只是羅娜仍舊不明白，為何這兩人一直喚她為「御女」。

也不知「御女」這兩字，究竟是玉珮的「玉」、欲望的「欲」還是御主的「御」字。

「您沒生氣嗎……？」

影狼族的其中一位少年終於抬起頭來，有些怯弱地注視著羅娜，使羅娜有一種在與無辜小狗對望的錯覺。

都是影狼族，和綁架她的那幾個人實在相差太多了。這兩個美少年簡直是無辜的小狼狗一般……不行，她豈能被這淚眼汪汪的小狼狗們給迷惑了，她還沒搞清楚這些人綁架她的目的呢！

「咳咳，我是沒有生氣，但你們若不好好說明一下……對，比如為什麼要叫我沐浴更衣？又為何叫我『御女』……若我沒清楚地得到答案，我會很憤怒的。」

羅娜一邊眉頭挑高，雙手抱胸質問底下這兩名看似很緊張又好騙的影狼族少年。

「『御女』的意思是……」左手邊的影狼族少年正打算向羅娜說明之際，在羅娜右手邊、一直沉默不語的少年突然站起身，一個敏捷地繞到羅娜背後，轉而緊緊地抓住了她的手！

「要妳配合就配合！不要囉嗦！妳不知道我們若沒完成交代的事項會有多慘……」抓住羅娜的影狼族少年，在她背後用滿是急躁的口吻命令，同時不自覺地加重手上的力道，讓羅娜因疼痛而皺起眉頭。

羅娜正打算開口，沒想到在底下的那名影狼族少年比她更緊張，搶在前頭驚呼：「你這是在幹什麼！你要是傷害到御女大人的身體可怎麼辦！」

這麼一說，本來抓住羅娜的另一名少年便露出驚慌神色，立刻鬆了手，退後數步愣愣地看著羅娜。

「不能傷及御女的身體……啊啊……」在羅娜背後的影狼族少年，臉上只有惶恐之色，像失了神般喃喃自語。

「御女大人，請讓我看看您的手！」底下的影狼族少年突然一個箭步衝上來，還未得到羅回應，便一把握住她的手，緊張地仔細查看。

把羅娜的手翻來覆去看了一會後，少年才說：「你看看你，都把御女大人的手弄紅了，差一點就要在她的肌膚上留下痕跡了！」

「抱、抱歉……這下該怎麼辦才好……我差點釀成大禍……」

「應該……應該沒關係的……這點痕跡應該很快就會消退……只要整體完好的話，這位御女大人還是可以……」

輪番聽著這兩名影狼族少年的對話，羅娜先是抽回了手，抱緊自己警戒地質問：「整體完好？你們到底把我當成什麼？商品？」

「御女大人，還是請您先讓我們幫您沐浴更衣吧！我們的時間真不多了……求求您讓我們這麼做吧！不這麼做的話、不這麼做的話……」

「不這麼做的話……會怎樣？」看著影狼族少年一副快出哭來似地央求自己，羅娜忍不住納悶地問道。

「不這麼做的話……上頭會認為我們失職……下場就是被狠狠地毒打一頓，並且三天都沒飯吃……」眼眶裡滿是打轉的淚光，雖然沒有落下淚來，但影狼族少年深鎖的眉頭與哽咽的聲音，都讓羅娜感受到那股恐懼。

羅娜再看向另一名沒有出聲的影狼族少年，對方同樣是低著頭，緊咬著下唇，一臉頗為難過的神情。

雖然不能保證事件的真實性，也明知這是個虛擬的世界，但羅娜置身其中，哪怕只是臨場感跟太過擬真，再加上她也不是鐵石心腸……總覺得這兩名少年沒有說謊……

深吸一口氣，羅娜鬆開本來抱緊緊的手，對著這兩名影狼族少年回答：「好吧，我允許你們幫我沐浴。但我必須把話說清楚，你們的行為必須在合理的範圍之內！」

讓兩個美少年替自己沐浴……嗯，應該只是看她裹著浴巾，在一旁澆澆水而已吧？

就算要幫她更衣……唔，不過是小男孩，就算被看了幾眼胸部還是……啊啊啊，先別想這些了，被看就被看，有什麼好怕的！

她又不是被看幾眼就要人家負責的類型！

如果只是被看幾眼，就能替這兩名少年省去一頓毒打、換來三餐，那她就當做善事好了，這樣心裡就可以少去許多負擔吧？

在羅娜鬆口答應後，兩名影狼族少年立刻露出欣喜、彷彿得救的表情，最後差點都要哭出來的少年馬上對羅娜說：「感謝御女大人！時間所剩不多，我們就馬上開始吧！」

「咦？馬上開始？就在這裡？」

一邊接受對方感激涕零的致謝，羅娜一邊訝異地看著這裡的環境。在她看來，這裡不過就是一座帳篷，裡面沒有什麼可以洗澡沐浴的設備啊。

「是的，就在這裡，御女大人不用擔心，我們會即刻做好所有的準備。」影狼族少年開心地回應羅娜的問題，比起一開始見到她時的戰戰兢兢，活潑不少。

看在他終於有了這年紀該有的表情後，羅娜心裡感覺有些溫暖。

倘若巴哈姆特在此，大概會嗤之以鼻地對她說：敵人有什麼好同情的啊？

接下來，羅娜看著那兩名影狼族少年不知從哪拿出一個木製物品，像變魔術一般將物品組裝成一個大木桶，在這期間，兩名少年還有些開心地搖著毛茸茸狼尾巴。

可惡，好像有點萌萌的……羅娜向來最受不了這種毛茸茸的屬性，大概是因為影狼族這種與生俱來的特質，才能讓她容忍星滅到現在吧？

只是說到那傢伙，現在仍是不見蹤影，是要把她丟在這裡一直到測驗結束嗎？

就在羅娜不滿地想著這件事時，前方影狼族少年的叫喊聲打斷了她的思緒：

「弄好了！御女大人，您可以準備入浴了！」

影狼族少年待在大木桶的兩側，兩人的狼尾巴左右微微擺動，同時兩人也準備好毛巾，用殷殷期盼的眼神等待羅娜的到來。

「哇，還真是有效率……」

沒想到這兩個傢伙這麼快就備好了，實在出乎羅娜的意料之外。不過既然人家都備妥當了，而她也答應過對方，儘管有些不甘願，但還是來洗個澡吧！

「我這就來，你們可以退下了……」

羅娜從臺階下走了下來，一步步走向放在帳篷中央的大木桶。等她來到木桶前，這才發現兩名影狼族少年還站在原地，絲毫沒有離開的意思。

「你們還杵在這裡做什麼？我都說要洗澡了。」羅娜一邊對著兩名影狼族少年說道，一邊注意到木桶中居然沒有任何熱水？

照理來說，這兩名少年應該去取熱水過來放入木桶啊……

「御女大人，我們會一直在旁邊服侍您到沐浴結束喔。」

「原來是要服侍到沐浴結束啊……咦！等等！要、要在旁邊一直盯著我洗澡？」起先點了點頭，忽然意識到不對勁，羅娜對著眼前兩名美少年驚呼。

媽呀，這根本不是只被看到一點點的問題——而是從頭到尾都被看光光啊！

就算她平常臉皮夠厚，這種情況她一樣不能接受！

「給我等一下！這我不能接受！我們可是不同性別啊！沒聽說過男女授受不親嗎？」羅娜馬上推卻拒絕，這和她預想的完全不同啊！

「御女大人，您在說什麼呢……看來您還不知道自己的處境呢……」

「哈啊？不管什麼處境，我都不能在你們面前脫光光洗澡啦！」

「嗯……這該怎麼辦……不過既然您都這麼堅決了……」在羅娜強烈表達自己的立場後，兩名影狼族少年再度彼此互看一眼，點了點頭。

「看來只能用那招了。其實我們早該用的，我還以為這個御女大人比較放得開，所以才用請求的方式……」

「嗯，就用那招吧，可不能再浪費時間了。」

兩名影狼族少年的對話傳進羅娜耳裡，羅娜左右轉頭看著這兩人，有些不安地問：「哪一招？我不答應就要來陰的是嗎？」

羅娜真是錯看這兩人了，雖然背後可能有不得以的原因，但沒想到為了達到目的，最後竟是不擇手段……不過說實在的，回想以往的自己，她好像也沒什麼立場指責人家。

話又說回來，他們所謂的「那招」到底是什麼？

一想到這，羅娜不禁嚥下一口口水，有些緊張地看著這兩名影狼族少年。

「雖然很不好意思……」這時，站在羅娜左方的影狼族少年先對她開口。

「但我們也只能這麼做了，請原諒我們，御女大人。」

站在羅娜右側的另一名影狼族少年跟著說道。

「我說你們究竟想對我——」

這回，沒等當事者把話說完，只見到其中一名影狼族少年朝她撲了過來，拿出手帕用力地摀住她的口鼻！

「嗚！」羅娜奮力抵抗，可是另一名影狼族少年也沒有袖手旁觀，他抓住羅娜的另一隻手，讓她難以掙脫。

「對不起，御女大人。只要交出您，只要您可以讓我們的首領滿意，我們就有獲得新生的機會……」在羅娜不斷扭動身體、試圖反抗的同時，耳邊傳來用手帕摀住她口鼻的凶手的聲音。

羅娜還來不及搞清楚對方的意思，意識便漸漸模糊……

雙眼最後映入的畫面，就是倒下瞬間看到的對方的腳尖。

第七章

Scepter of Rose King

香氣，很好聞的香氣。

水聲，像是水被手慢慢撥動的聲音。

以及……身體有些溫暖，似乎被什麼包圍著……

這是在羅娜睜開雙眼之前，感受到的種種。

她試著緩緩撐開沉重的眼皮，頭還有些暈沉，四肢仍十分無力，可是又莫名地放鬆，讓羅娜覺得很不可思議。

直到她完全看清眼前的景色，這才明白那些感受到的香氣、聲音以及溫度是怎麼回事。

她正置身在一個盛滿熱水的木桶中，浸泡在灑滿紅色玫瑰花瓣的水裡……

玫瑰花的芬芳、木桶裡水流波動的聲音以及池水微熱的溫度包圍著她。

原來她在泡澡啊……

「您清醒啦，御女大人？」一旁似曾相識的詢問聲，讓羅娜瞇起雙眼。

循著聲音轉頭一看，就見到有著毛茸茸、軟綿綿狼耳的美少年，一手拿著濕漉漉的毛巾，一邊關切地注視著她。

「啊……我這是……咦？」本來還有些昏昏睡意，這時終於意識到自己處境的羅娜立刻驚呼一聲，想要趕緊從浴桶中爬出來。

「唔！」

只是才剛起身，就赫然雙腿一軟，重心不穩地又跌坐下來，濺出一大灘水花。

「哎呀，御女大人請小心！您要是摔傷身子，破壞了整體品質可就糟了！」

對方趕緊上前攙扶羅娜，從他臉上那無比緊張的表情來看，這名影狼族少年顯然比當事者還要更在乎她的身子。

「你們……到底想做什麼……怎麼覺得你們是要把我當成商品販售……」

羅娜也不是腦袋遲鈍的人，從他們的話語中，她得到了自己很可能被當成商品對待的結論。

「是要摘我的器官去賣？還是要把我當奴隸一樣販售出去？快給我說清楚啊……」

直到現在身體還是癱軟無力，就連說起話來都虛弱，羅娜心想，這大概是之前對她下的迷藥藥效還在吧？

不過反過來看，她也不必太擔心自己的身體會不會出什麼毛病。從這兩人緊張的神態來看，那個迷藥應該只有讓人失去意識的效果，倒不會有什麼其他毒素才是。

「您在說什麼呢……好吧，雖然確實是一種商品，但不是您說的那個樣子。」影狼族少年一邊說，一邊拿起手中的毛巾替羅娜輕輕柔柔地擦拭左手臂。

「哼……果然是把我當成商品嗎……我就知道……但不是我說的那樣，又是哪樣？」

在這種連站都站不穩的情況下，羅娜已經不想去在乎身體是否被看光光這種事了。比起羞恥，她現在面臨的可是性命攸關的大事。

「啊，該不會是獻祭之類的活人貢品……」腦海裡閃過這個念頭，羅娜驚駭地倒抽一口氣，瞳孔微微收縮。

「嗯……某種層面來說，的確是獻祭吧……」另一名影狼族少年則拿著香皂，慢慢塗抹羅娜的右手臂。

「什麼……還真的是獻祭！」羅娜震驚不已，臉色刷白。

這麼一來，這一切都說得通了！

如此在乎她的身體狀態，還要沐浴更衣，原來都是為了要她用最好的狀態活人獻祭！

「喂，這算什麼？這是你們影狼族的傳統嗎？如此殘暴不文明的習俗應該廢除啊！也難怪你們會滅族！」

「滅族？御女大人在說什麼呢？有我們強大的首領在，怎麼可能會被滅族？」

聽到羅娜這麼說，用毛巾幫她擦拭手臂的影狼族少年一臉困惑地抬起頭來，暫停手中的動作。

看到對方這一臉的茫然，羅娜這才想起來……對啊，她現在身處於虛擬世界中，時間軸和現實不同，也難怪這個影狼族少年會這般不解。

「別搭理她了，我們得趕快進行工作，再晚點就要驗收了。」另一名影狼族少年沒有停下手邊的工作，轉而用有點嚴肅的口氣催促著對方。這個時候，本來用香皂擦拭的動作已變成潑灑水花，替羅娜清洗身上的泡沫。

「抱歉，我差點忘了，要是趕不上驗收時間可就麻煩了。」

說完，影狼族少年又埋頭忙著幫羅娜沐浴的工作。

在自身依舊無力的狀態下，羅娜只能任憑這兩名少年為所欲為。雖然只是單純地替她擦澡，羅娜的內心還是很不好受。

她甚至不敢去想，在自己昏迷的這段期間，這兩人是如何幫她脫衣沐浴……

啊啊，這該死的藥性還要持續多久！

更可惡的是，那個該死的星滅還要人間蒸發多久！

就這樣放任她被他的族人玩弄、當成貢品？

「現在請御女大人起身，我們要替您更衣了。」將沐浴的工作告一段落，其中一名影狼族少年稍稍往後一退，用毛巾擦乾自己的雙手。

「要是我能站起來的話，還會讓你們洗到現在嗎……」

羅娜吃力地起身，可身體仍有些搖搖晃晃，最後是由另一旁的影狼族少年接手，扶著她踏出木桶。

一絲不掛地站在兩名少年面前，羅娜的眼神已不知死了幾次。即便心知這些人都不是真實的存在，只是「虛擬薔薇」弄出來的程式編碼……但這種過於逼真的場景體驗，還是讓羅娜很難坦蕩地接受。

她看著兩個狼尾巴不斷晃啊晃的少年，一個忙著收拾東西，一個拿出摺好的衣物，羅娜猜那應該就是要給她穿的服裝。

雖然好像可以稍微站穩了，可是手腳還是十分不靈活，加上自己也還是全裸狀態，若是在這時候試圖逃跑可太愚蠢了！

反正現在只能走一步算一步了。

「御女大人，現在就替您更換上御女的專屬衣物。」

「居然還有專屬衣物……」

有點小意外，不過想想也是，畢竟要做為獻祭的貢品，可能穿得漂亮與隆重一點才能讓他們的神靈開心吧？

只是話說回來——

為何那傢伙手裡的衣物好像有點……薄？

「請張開雙手讓我們幫您穿上……」

「喂喂，你們這是當真嗎？讓要獻祭的人穿這種衣服？」羅娜看到衣服的全貌後，忍不住出聲質問。

「是呀，有什麼問題嗎？」

「這根本不算衣服吧？這根本就是……」

──根本就是一件讓人被看光光的薄紗啊！

透明如蟬翼般的絲綢，穿在身上還是可以清楚看見婀娜的胴體，只是多了一種若隱若現的朦朧感……羅娜想不透，這都要被火燒或被丟入河中的祭品，為何要穿成這副模樣！

「你們影狼族的神是變態嗎！」羅娜握起拳頭，一臉認真地對著影狼族的少年吐槽，她怎樣想都覺得這個影狼族的神肯定是變態中的變態！

「您在說什麼呢……您的腦袋是浸到洗澡水了嗎？」被吐槽的對象歪著頭，用同情中帶點關切的眼神望著羅娜。

「總之，您還是快點穿上吧，您總不想要一直沒穿衣服吧？」

「這個有穿跟沒穿一樣吧……」見到對方如此平淡的反應，羅娜還是照樣吐槽，力道卻減弱不少。與其說她無力吐槽，不如說她現在只想大大地翻個白眼。

最後，羅娜還是跟現實妥協了。如果不穿上，也不知那兩個影狼族的小鬼又要使出何種陰險招式。

反正澡也洗了，裸體也被看光了，穿上這種像是情趣服裝的薄紗……感覺上也沒什麼了。

待整個沐浴更衣的流程結束，這兩名影狼族少年好似功成身退一般，用一種充滿期待又緊張的表情和羅娜恭敬道別，兩人的身影便消失在帳幕之後。

再一次，這頂帳篷裡又只剩下羅娜一人。她看著自己這一身可笑的薄紗，卻什麼也做不了。

她猜想，應該待會就有大漢來把她五花大綁、扛出去獻祭了吧？

只是想歸想，隨著等待的時間拉長，羅娜開始有些懷疑自己的猜測。

外頭的陽光逐漸消散，黃昏過後，取而代之的是一片黑暗。

就像有魔法一樣，帳幕內的蠟燭自個兒點燃了燭芯，帳篷被搖曳的橘黃色火光微微照亮。

靜謐。

彷彿萬物都安靜了下來，只剩下蠟燭微弱的燃燒聲，氣溫也隨著入夜下降了不少，羅娜忍不住打了個噴嚏。

「哈啾！」

摀著鼻子，這種獨守空閨的感覺讓羅娜很不是滋味，更不斷地消磨著她的耐心。她本來都做好最壞打算了，猜想在虛擬薔薇的世界裡死去，應該就會結束測驗，自動甦醒，回到原本的世界吧？

只是這個測驗也太詭異了吧，她實在不明白這樣究竟能測出什麼職階屬性？

「真是受夠了……」

羅娜從床上站起身，若是都沒有人要來，她乾脆衝出去搏個一線生機好了！

就在羅娜打算這麼做時，赫然聽到簾幕外頭傳來一陣聲響，像是有什麼東西從草叢竄過的聲音。

第八章

Scepter of Rose King

「什麼人！」

嘴巴上雖是這麼問，羅娜心裡卻想著：終於要來了嗎！

羅娜深吸一口氣，戰戰兢兢地守在入口前。最後掀開簾幕進來的身影，是一名穿著黑色長袍、用黑紗遮掩半張臉的男人，他的背後有著一條象徵影狼族的蓬鬆狼尾巴。

話說回來，打從進入影狼族的部落之後，好像不曾見過任何女性？

「你……你就是要把我帶去獻祭的傢伙對吧？」羅娜一手盡可能遮著自己的身子，另一手則是毫不客氣地直指對方。

這名黑袍男子沒有出聲回應，只是一步步慢慢地走向她，倘若羅娜手裡有把刀，大概就會學電視劇一樣橫在自己的脖子上以死相逼……只可惜羅娜現在的裝備除了薄紗，基本為零。

對方迅速來到羅娜跟前，一把抓住她的手用力地舉了起來。

「你快放開我……！」羅娜咬牙切齒地，但接下來卻被人用力甩到床邊，將她往床上一扔。

被重重摔至床上，撞擊床面的痛楚頓時侵襲羅娜全身，她咬著牙沒發出半點哀號，正想爬起來時，那名黑袍男子已經坐在她的床旁。

對方僅僅露出一對深邃的眼眸，其他特徵難以看清，羅娜根本無法探出此人的來歷。

她只知曉，這個男人應當就是那兩名影狼族少年懼怕的對象，是部落中位階身分較高的存在。

「要抓我去獻祭就快點動手，別再做無謂的……」話還沒來得及說完，羅娜的臉頰就被對方強硬地掐住，使她的嘴整個鼓起來，難以正常說話。

「脾氣還挺硬的嘛。」黑袍男子終於開口說出進入帳幕以來的第一句話。

「真抱歉我就是這種脾氣！」即使在被掐住臉頰，羅娜還是強硬地回嘴。

「這種個性我很喜歡，我最欣賞這種女人了。」黑袍男子再次回應羅娜，不知是不是羅娜的錯覺，好像隱約聽到對方一聲冷笑。

雖然不是很明顯，可給人的感覺特別陰冷，羅娜向來最討厭聽見這種笑聲。

「好香啊……看來侍童將妳照料得挺不錯。」黑袍男子一邊說，一邊冷不防地將鼻尖湊近羅娜，吸聞著她耳鬢旁的芬香。羅娜雙眼緊閉，一種嫌惡的感覺油然而生。

「還是這般嫌棄的表情……也是，不過這都無所謂。」黑袍男子將本來掐住羅娜臉頰的手鬆開，改而伸出一指，輕輕地往她下頷滑動，從下巴、頸子……到若隱若現的胸前溝壑。

「這麼美味的妳，難怪侍童會如此謹慎對待，以商品的品質來看，確實比我預期中的還要更高。」

「你到底在胡說八道什麼！別一直偷看啊你這變態！」羅娜趕緊用雙手交叉護住自己的胸口，有些氣急敗壞地罵道。

「自己穿成這副德性，還指罵人是變態，到底誰才是變態呢？」

「哈啊？你以為我願意穿成這樣啊！」

「縱容他人為妳穿上這件薄紗，是妳自己的問題。」

「你……啊！」

這回羅娜連回嘴的餘地都沒有，就被黑袍男子使力推倒在床上。羅娜還未反應過來，黑袍男子早已一鼓作氣地壓了過來，一手攔住羅娜的去路，使她頓時動彈不得。

「實在讓人受不了……妳還真是頂級的商品，我很滿意。」

「誰要讓你滿意了……」

羅娜一邊扭動身體，想盡辦法掙脫這傢伙的壓制。另一方面，對方的手也沒閒著，他空出的手輕撫羅娜的髮絲，用手指將她綹綹青絲蜷繞在指上。

「不管妳怎麼想，妳現在就是影狼族抓回來的人，能夠成為『御女』已是天大的幸運，否則當場就會被影狼族的戰士輪番玩弄了。」黑袍男子刻意地壓低嗓音接續說：「妳大概不清楚，影狼族的戰士可不把女人當人看的……他們只會把妳視為洩欲的工具，只要妳還有一口氣在，就要不斷被他們粗暴地玩弄。要是不小心懷上了，也沒有喘口氣的餘地，就算是大腹便便也不會被放過……聽我說完，有沒有覺得能夠成為『御女』的妳有多麼幸運？」

「唔！」聽了黑袍男子的話，羅娜不禁打了一個冷顫。

她事前完全不瞭解影狼族這支種族，直到今天才認識了一點點……到目前為止經歷的這些，以及聽聞方才那段話，羅娜大致可以理解為何世人對影狼族的評價總是令人畏懼居多。

就算只是虛擬出來的……倘若真讓她遇上那種人間煉獄，她恐怕會徹徹底底地崩潰。

「很好，瞧妳的表情，總算知道害怕要乖乖聽話了？」黑袍男子鬆開纏繞羅娜髮絲的手指，即便看不到他的表情，依舊可以隱約聽見他輕笑的聲音。

看到羅娜一副愣住的模樣，黑袍男子大膽地將手游移到羅娜胸前，用手指勾了勾那薄薄的、彷彿隨時都會被撕破的薄紗，「我聽聞外頭有一種食物叫『少女的酥胸』……而妳這貨真價實的美味，不知道又是如何呢？」

「不……不要碰我……」羅娜明明想要反抗，可是在聽了對方那一番言論後，羅娜一時間有些恐懼。

「啊……薄紗下的肌膚……還有若隱若現的酥胸……我會讓妳感受到最美好的快感與體驗。放心吧，我不會和那些低俗的戰士一樣，那樣粗魯不懂得技巧地對待妳。」黑袍男子再次將嘴巴湊到羅娜耳邊，用略微沙啞的嗓音低聲道：「我會對妳很溫柔的……」

「不……不行……我可是——」

在這瞬間，本來被嚇唬住的腦袋終於清醒過來，羅娜使盡全身吃奶的力氣將攻擊集中在一個地方。

「我可是羅娜！擁有龍王巴哈姆特跟深淵魔王法哈德的御主！我才不會讓你這種變態得逞！」

發出「嚇呀」的喊叫，羅娜隨即將全身力氣都灌注在左膝蓋上，用力地朝對方的重要部位一頂！

狠狠地給對方一個致命的重擊！

啊，多麼痛的體悟！

黑袍男子整個人痛到從床上跳起來，一手摀著被重擊的部位，連一點聲音都發不出來，眉毛和眼睛全都猙獰地擠成一團。

「呼……知道我的厲害了吧……」羅娜趕緊爬起身，剛剛那一下大概使出了她的洪荒之力，不用想一定是痛得要命。

「妳、妳這個賤女人！膽、膽敢這麼對我！知、知、知道我是誰嗎！」痛到連說話都在顫抖，上氣不接下氣，黑袍男子氣得直指著羅娜大喊。

「你又沒說誰會知道你是誰啊？況且我也沒興趣知道！」羅娜不客氣地回應，看著對方痛苦的模樣，她內心就感到非常滿足……好吧，她還沒想過自己下一步要怎麼做，雖然一時滿足，但恐怕會把自己推入更危險的深淵……

「妳、妳……我可是影狼族的大祭司！只要我一聲令下，妳這個『御女』就算品質再好也會馬上淪為戰士的玩具！該死的女人……這下真痛……」一邊氣憤地指著羅娜怒喊，一邊痛得哀哀叫，黑袍男子幾乎連站穩的力氣都沒有。

「我不會讓自己變成那樣的，我絕對不會成為任何人的玩具！」

倘若真遭遇到那樣的事，她會直接咬舌自盡！

當然，她不是真的如此勇敢，這畢竟只是虛擬的世界，就算咬舌自盡也不會真的要了她的命，她只是在「虛擬世界」中死去而已。

「哼！很自信啊！來人，現在就將這女人給我押下去！明日就讓她成為戰士們的玩物！」黑袍男子大聲一喊，氣得身體都在發抖，露在外頭的雙眼充滿血絲，看起來模樣相當可怕。

羅娜早就有了最壞的打算。

反正在這種局面下，她已經不奢望有人來拯救自己……

「砰砰砰！」忽然間，奇怪的聲響從外面傳了進來。

「什麼聲音？我那些手下是在發什麼蠢嗎！」黑袍男子愣了一下，左顧右看，卻未看到任何一人進入帳幕之中。

羅娜同樣一臉困惑，卻也不敢鬆懈，她嚥下一口口水，戰戰兢兢地靜觀其變。

「咻！」不尋常的聲響再次出現，這回不是出自帳幕外頭，而是出現在黑袍男子的正上方——

一道黑色的身影從天而降，閃爍著冷冽殺氣的銀光劃過，剎那間，黑袍男子血濺四方、應聲倒地！

眼睜睜目睹這血腥駭人畫面的羅娜，一時間說不出話來，心跳又急又快，像根木頭杵在原地。

那道黑色身影背對著羅娜，稍稍低頭看了一眼倒在他腳跟前的黑袍男子，好像在確認對方是否真的死亡。

從黑袍男子身上緩緩流出的暗紅色鮮血，如綻放中的花朵，緩緩地向外伸展……那道黑影一點也不在意自己的腳跟沾染到血水，彷彿已經習慣了這樣的殺戮。

羅娜心想，雖然不知道發生何事，但不久前聽到的怪聲就是這傢伙造成的？眨眼間就秒殺了一個人……羅娜知道此人絕對不好惹，而且應該是個心狠手辣、殺伐果斷之人。

只是讓她納悶的是……

殺了黑袍男子的殺手，也是影狼族的人？

那一條垂掛在外的蓬鬆尾巴，一看就知道與黑袍男子系出同族……只是這樣真的沒問題嗎？

同是影狼族人卻殺害族內的大祭司？

感覺上是叛族大罪啊……

然而，羅娜心中的種種疑問，隨著對方轉過身來、摘下黑色面罩後，終於真相大白。

「妳沒事吧——娜娜醬？」

曝露在羅娜面前的那張臉，以及再熟悉不過的稱呼方式，都讓羅娜忍不住喊出對方的名字：「星滅？怎麼會是你！」

完全沒想到是這傢伙！

她本來以為這個臭小子拋下自己了！

沒想到居然會在這時候見到他！

「從妳還很有活力的樣子來看，應該沒事了。」星滅將沾了鮮血的利爪收了起來，殺一個人對他而言就像家常便飯，沒有半點罪惡或緊張。相較於一條性命被自己奪去，星滅更在乎他剛剛救下的人。

「我是沒事，但你……」雖然黑袍男子被解決了，羅娜仍心有餘悸，直到她注意到星滅似乎用一種詭異的眼神打量著自己。

「啊！不、不許你亂看！再亂看我就把你的眼珠挖出來！」猛然意識到自己還穿著性感薄紗，羅娜趕緊雙手摀著自己的重要部位，想要轉過身去又發現背面一樣會被看光……天啊，這不管怎樣都會被看光啊啊啊！

原以為星滅會像往常一樣挖苦她或對她開玩笑，沒想到他卻沉默不語，突然脫下自己身上的黑色外套，走上前，一個俐落的動作替羅娜披上。

「穿好，別著涼了。」隨之而來的，是星滅低沉又意外溫柔的話語。

羅娜眨了眨眼睛，雙唇微微半開，她從沒想過這樣的舉止會出現在星滅身上，更沒想過這麼偶像劇的情節會發生在自己身上。

「先暫且穿著，晚點我再想辦法幫妳弄到別的衣服。」

在羅娜抓緊肩膀上的外套時，星滅伸手摸了摸她的頭，隨後背過身去。從星滅手掌傳遞過來的溫度，是那般地溫暖。有那麼一瞬間，羅娜不禁對星滅有了一股難以名狀的悸動，這是過去的她始料未及的。

「我們得快點離開這裡了，剛才我處理掉守門人，現在又殺了大祭司，應該很快就會有影狼族人察覺到異樣……」

「我明白，但有個問題我想先問你。」在星滅拉著她迅速離開帳篷時，羅娜忍不住提出她的問題。

「什麼問題？」星滅謹慎小心地查看四周，同時回應羅娜。

「你為什麼要回來救我？」

「我還以為妳要問什麼，就這個問題？」聽到羅娜的提問後，星滅反倒有些意外，不過那份意外是「怎麼會問這種蠢問題」的感覺。

「你不是丟下我逃走了嗎？我當然想知道是什麼讓你回心轉意啊。」羅娜理直氣壯地反駁回去。

「娜娜醬，妳有時候還挺笨的……不對，應該說是因為妳還沒信任我才會這麼認為吧……」星滅眼簾低垂，語氣有些許傷感。

「什麼意思？」羅娜不解地問。

「妳從頭到尾都誤會我了，娜娜醬。還記得我之前說過，正面對決對我來說十分不利嗎？」

「好像有聽你說過……但那又如何？」

「那時候我並不是因為害怕，更不是想要丟下妳而逃走。」星滅轉過頭來，正視著羅娜認真說道：「我只是暫且退兵，在當時那樣的情況下我毫無勝算，我擅長的是暗殺，我必須找到一個有利於我的環境才能反擊。」

看著星滅那毫無虛假的真誠雙眼，羅娜大抵確定星滅沒有誆騙自己。

「我怎麼可能拋下妳呢——那是絕對不可能的事。」星滅再次對羅娜說出忠誠的宣言。

「原、原來是這樣啊……」聽完星滅的解釋後，羅娜心裡的石頭終於放下，感到舒坦許多。當初以為被背叛拋棄的不悅全部消失，取而代之的，是意外的驚喜，她真沒想到星滅是如此重視自己。

雖說星滅一直說著多麼喜歡她、多麼在乎她……可是羅娜以為那都只是說說而已。

這次，星滅不惜冒生命危險也要回來救她，確實證明了他所言非虛。

「該說妳幸運還是不幸呢，居然被選為『御女』……」

「說到這個，那到底是什麼意思啊？獻祭用的活人貢品嗎？」羅娜十分納悶，這是她從一開始就想了解的疑惑。同時，星滅已經帶著她逃到影狼族部落的邊界，只要再走一下就能遠離此地。只是當羅娜這麼問時，星滅當下竟噗哧一笑。

「噗，活人貢品？妳想像力還真豐富啊，娜娜醬——」

「不然呢？不是要把我獻給神明之類的嗎？所以才讓我沐浴更衣……」羅娜還是不明白自己的認知哪裡有問題。

「我說娜娜醬——妳真是太可愛了！啊啊，真不愧是我最愛、最可愛的娜娜醬！」

「少、少囉嗦！你不要突然黏過來啦笨蛋！」羅娜趕緊推開不斷湊過來、黏上自己的星滅。他的這些舉動除了讓人特別煩躁之外，不知從何時起，被星滅這樣誇讚與熱情告白（？），已讓她開始感到有些害臊了。

難道是吊橋理論？

因為跟星滅相依為命且處境危險，導致有這樣的錯覺？

不過，這種反應才像是平常的星滅啊……太過正經八百的星滅她有些難以招架……唔，這句話她絕對不會和星滅說的，否則那傢伙一定會太過得意忘形！

「哈，娜娜醬，實際上呢，我們影狼族所謂的『御女』不是妳說要獻祭給神的貢品……不過某種程度來說也的確是貢品，獻給人的貢品。」

「獻給人？」

「沒錯，就是獻給影狼族人的幹部，以及影狼族的首領。簡單來說，妳就會成為首領和幹部的專屬玩物、專屬的孕母。」

星滅的答案，讓羅娜感覺自己的腦袋被用力地敲了一下，她睜大雙眼，愣愣地看著星滅那張露出小虎牙的笑臉：「孕母……？」

「別懷疑，就是這麼一回事。被影狼族抓回來的女人，不是成為奴隸，就是成為孕母，差別在於施暴的人是高階貴族或下等戰士。」星滅又說：「啊，還是有點差別的，雖然受孕的過程不管是首領還是戰士都很粗暴……我們影狼族是非常霸道的種族，簡單來說就是很像野獸，以往不少被抓回來的奴隸或御女在被侵犯的時候常常無法負荷……」

「……就死了的意思嗎……真是可怕……」星滅對於影狼族的解釋，再度刷新羅娜的認知，她不禁膽顫地嚥下一口口水。

「只是若幸運存活下來並且成功受孕，『御女』的下場還算好，在確定懷上後就會得到最好的照顧。若是再幸運一點，生下來的孩子是個男孩，妳的地位就此會因此提升，可以得到影狼族的各種資源……嘛，從此之後，還可以挑選想要交歡的對象。」

「等等，怎麼聽起來一點也不幸運啊，完全不幸運好嗎！我才不要成為這種沒有自由意志跟尊嚴的女人！」她絕對不能接受自己成為這樣的人，那樣跟死去的屍體又有何不同？

「我就知道娜娜醬會這麼說，不愧是我喜歡的娜娜醬。」星滅嘴角微揚一笑，身體又再度黏上羅娜。

羅娜再一次推開對方：「夠了喔！都說不要擅自靠近我……」

話還未說完，羅娜的嘴突然被星滅摀住。

羅娜還沒反應過來，星滅就抓著她快速地躲了起來，即便不清楚發生何事，羅娜也明白可能是遇到影狼族的人了。

「人在哪！」

「剛剛我明明看見他們啊！」

影狼族人的對話傳了過來，藏身在草叢中的羅娜和星滅，透過縫隙看著這兩名影狼族擎著火把找尋他們。

羅娜不敢出聲，就連呼吸聲都下意識地壓抑，深怕一點點的聲音會引來他們的注意。在她身邊的星滅同樣謹慎小心，早已亮出爪子，隨時做好戰鬥的準備。

「這裡好像真的沒有人……我們走吧。」

「也只能這樣了，得快點去其他地方找找，大祭司被殺可不是一件小事啊……」

兩名影狼族戰士的對話，皆被在草叢內的星滅和羅娜一字不漏地聽了進去。透過草叢之間的縫隙，隱約看到前方的敵人好像離去之後，羅娜這才暫時地鬆了一口氣。

要是被發現的話可就慘了……

羅娜轉過頭去看向星滅，望著唯一與自己站在同一陣線的影狼族，等待著他下一步的指示。

她很清楚，此時此刻只能完全信賴星滅，只有同為影狼族的他才懂得如何應對。

或許是在這種別無選擇的情況下，羅娜看著星滅的側臉，默默地有了一種這傢伙好像值得託付的感覺……

「好，我們應該可以出去了……」星滅轉過頭來對著羅娜小聲說道，同時頻頻看向外頭以確認情況。羅娜朝星滅點了點頭，跟著站起身，打算一起離開這到處都是蟲子的濃密草叢。

「抓到了！」後方赫然傳出惡煞般的吼叫，羅娜吃驚地循著聲源方向一看，竟見一票影狼族人持著火把從後方暗處衝了出來，一眨眼便迅速地包圍他們！

「可惡，沒想到竟是埋伏陷阱……」星滅咬著牙，臉上同樣流露出詫異的神色，他原以為自己的觀察沒有錯誤，想不到千算萬算還是不如敵人的手段！

「殺害大祭司的罪人，立刻束手就擒！」一手持著火把，一手亮出影狼族特有利爪的壯碩男人，用凶狠洪亮的嗓音對著羅娜和星滅大喊。同時，圍在周圍的其他影狼族人，也都對著他們亮出爪子，似乎只要他倆有一點想反抗的舉動，這些不長眼的利爪馬上就會朝他們揮去。

「現在該怎麼辦……？」羅娜頻頻吞著口水，面對這種局面，她一時間竟不知所措，只能將所有的希望都寄託在星滅身上。

「妳希望活下去，對嗎？希望能夠做一個充滿自由跟擁有尊嚴的女人對嗎？」

「欸？這、這是當然的啊……但為什麼你要在這節骨眼上問我這個……」

羅娜愣了一下，實在很難想像星滅怎會突然問出這個問題？

這個問題真的很重要嗎？

各種疑問在羅娜的腦海裡持續延燒，但見星滅一臉認真，更讓羅娜看得一頭霧水。

「只要妳這麼想，就夠了。」換來的回應，是星滅堅定的答覆。不僅僅是他的語氣，就連眼神亦是如此，彷彿在剛才下了某種決心。

「星滅，難道你是想……」

羅娜還沒得到星滅的回話，包圍住他們的影狼族戰士又開始喊話：「殺害大祭司的罪人！再不立刻棄械投降，便是直接就地正法！倒數三——」

「能夠被妳欽點成為這次的臨時式神……不，我連式神都不算，但能被選擇跟妳一起參與這次的測試，我很高興，娜娜醬。」

根本來不及反應，羅娜便眼睜睜看著星滅衝向前，獨自一人面對所有攻來的敵人！

羅娜先是杵在原地，一方面是不知該如何是好，另一方面腦海裡還迴盪著星滅剛才說的話，以及……最後回過頭來，對她的那抹笑容。

星滅的身手很好，可是在人海戰術的包圍之下，再加上星滅不擅長正面對決，局面對他非常不利。每一次閃躲都十分驚險，每一次反擊都效果有限。

星滅除了自己苦戰之外，還得照顧羅娜。就在羅娜要被偷襲而來的影狼族人用利爪攻擊之際，星滅一個箭步衝到她的背後，以肉身擋下尖銳的狼爪！

「星滅！」眼睜睜看著星滅替自己擋下這麼一爪，血花四濺，些許腥稠液體噴濺在羅娜臉上，她驚慌又心疼地對著星滅大喊。

心疼。

沒錯，她此刻確確實實地感到胸口窒悶，心臟也跟著抽痛！

明明自己知道這一切都是虛擬的環境，可是只要一想到星滅或許會因自己而死，羅娜根本無法不感到難過與自責。

「快走……羅娜……！」前方傳來星滅聲音，羅娜這才從惶恐與難過中稍稍清醒過來，她咬緊牙關對著星滅說：「可是你怎麼辦……」

「我不要緊的……只要能讓妳活下去……我會為妳戰到最後一刻！」不顧身上的傷，星滅持續揮舞雙手的利爪，堅定勇敢地為羅娜而戰。

羅娜除了心痛還是心痛，她突然憎恨起自己的無能為力。

星滅為了成為她的式神，這般犧牲奉獻……身為御主的她，就不能浪費星滅的努力與保護。

「我明白了……星滅……謝謝你……」這句如此簡單話，羅娜卻說得萬分艱難，語帶哽咽。

反觀星滅，根本無暇回應羅娜，只能拚盡全力地替羅娜阻擋攻擊，用揮灑的鮮血為羅娜爭取活路。

「我會好好活下來的……」在逃離之前，羅娜用沙啞的哭腔說出這句話，咬緊的牙根隱隱發疼。她想再看星滅一眼，想再和他多說幾句話，然而她很清楚，現在不趕緊逃走，就會浪費星滅的努力，讓兩人都白白陪葬。

羅娜趁著所有敵人都被星滅牽絆住時，使勁地逃了出來。她越跑越遠，頭也不敢回，縱使雙腿痠疼都不能停下。

在這漆黑的夜裡，四顧都是荒野，不管朝著哪個方向都令人十分茫然。即便不知要逃去何處，羅娜現在唯一能做的，就是不斷地逃、不斷地跑，直到自己精疲力盡倒下為止。

逃命的過程中，羅娜一直聽到後方傳來殺伐戰鬥的聲響，以及來自影狼族戰士的怒吼和星滅奮力搏鬥的吶喊。

不知道跑了多遠，也不知道跑了多久，羅娜的身體跟意志終於都無法負荷。

「嗚……」她雙腿無力地癱軟下來，跌坐在一片光禿禿的地上，上氣不接下氣地喘著，臉色發白。

「哈……哈、哈哈……」坐下之後，羅娜發出了零零落落的笑聲，有些淒涼，有些荒誕，然而她卻停不下這股想笑的欲望。

一點也不開心，一點也不高興，羅娜卻停不下來，她自知整個人大概都不好了吧……不僅體力透支，就連腦力和心力也跟著耗盡。

「哈……想不到我這個御主真是太弱小了……原來我一直以來都是依靠著式神啊……」

沒有了式神，她根本就無力招架危難的狀況。

「這麼一來，我不就跟那個時候一樣嗎……沒有式神在身邊，就和當年那個眼睜睜看父親被火燒死的小女孩一樣……」羅娜露出無比苦澀的笑容，「像我這樣的人，又會被分配到哪一種職階屬性呢……應該沒有哪個科系願意收留我這麼軟弱的學生吧……」羅娜一個人喃喃自語，她將雙膝緩緩地屈起，雙手抱住膝蓋，將頭貼了上去。

「對不起啊……星滅……不管是當時害你死在入學考試的事……還是今天的測驗……我都只是一個不斷害你陷入危機的罪魁禍首呢……」說著，晶瑩的淚水從羅娜的眼眶慢慢滑落，滴至這片寸草不生的土壤之中。

在那之後，羅娜的雙眼不自覺地閉了起來。

她什麼也感覺不到了。

第九章

Scepter of Rose King

叮。

系統提示音短暫卻響亮，極具穿透力的音色傳入耳中。

叮。

第二次，依然響亮。

叮——

第三次，被刻意拉長且加大音量，終於刺激到了躺在「虛擬薔薇」裡的受試者。

「羅娜同學，聽得到我們的聲音嗎？」似曾相識的聲音不知從何而來，喚醒了躺在裡面的人。

「羅娜同學，妳應該清醒了才對，要是聽到請馬上回答。」

躺著的當事者——羅娜同學正稍稍舒開眉頭，闔上的眼皮微微抽動，最後終於慢慢地睜開眼睛。

「結……結束了嗎……？」

頭有些疼，不知道是不是受測的副作用，除此之外，羅娜的身體還感到有氣無力。

「看來是清醒過來了，羅娜同學。妳現在身體各方面有什麼不舒服嗎？」

「不舒服嗎……大概只有頭疼……」

「很嚴重的頭疼嗎？」

「呃……倒不至於……只有些許吧……」羅娜想了一下後這般回答。

「那是正常的，畢竟妳剛結束了半小時的虛擬實境測驗，有些頭痛是很正常的，待會就會好了。」

「半小時……等等，你說只過了半小時？」羅娜難以置信地反問對方，回想和星滅經歷的一切，怎麼像是度過了兩天的時間！

對了，話說回來星滅呢？

那小子沒事吧？

為何她感應不到那傢伙的存在？

「羅娜同學，妳會有這種錯覺也很正常，在『虛擬薔薇』裡的時間和現實中不同，若沒有其他問題，待會就可以離開了。」透過護目鏡持續傳來操作人員聲音，隨著對方說完，羅娜正上方的蓋子也應聲緩緩開啟，由外而內透進一道白色的燈光。

「哇，你看，羅娜同學完成測試了！」

「看她一臉茫然的樣子……到底經歷了什麼啊？」

「真不曉得是什麼職階屬性，我可不想跟這一臉愚蠢的女人同個科系。」

在打開「虛擬薔薇」的蓋子後，外界的閒言閒語紛紛湧入，羅娜這才想起來自己是第一個參加測試的人。

不過她一點也不把這群人的風涼話當回事，她只掛心著星滅的去向，目前為止都還未感應到他的氣息……只要一想起他最後的處境，即便知道是虛擬的，羅娜還是有些不放心。

「可以離開了，羅娜同學。至於測驗結果，會在所有學生測試完畢後統一宣布……」

「不好意思，我想請問當初和我一起接受測試的式神呢？呃，嚴格來說那傢伙不算式神……」在操作人員話說到一半時，羅娜便提出了她最在意的疑問。比起測試結果，她更在意星滅去向……這點，和以往的自己有著很大的不同，過去的她哪會把星滅放在眼裡。

「妳說臨時式神嗎？」

「對！他去哪了？他不在我的體內我有點擔心……」

「這我們不清楚，恕我們無法回答。好了請妳趕快離開『虛擬薔薇』，後面還有其他學生在等候。」操作人員有些不耐煩地催促羅娜，羅娜只得快速從「虛擬薔薇」中起身離開。

「羅娜，妳還好嗎？測試過程會不會很可怕啊？」一見到羅娜從裝置中離開，安莎莉馬上走過去，鏡片下的眼睛睜得大大地的，充滿好奇地看著羅娜。

她看見著羅娜臉色蒼白，看起來好像在擔心著什麼，便猜想該不會是虛擬測試的過程十分驚險駭人？

「可怕是一回事，但我的式神不知怎麼搞的不見蹤影，目前完全感應不到他的氣息……」

「妳的式神？怎麼會？是龍王巴哈姆特還是魔王法哈德？他們其中一人不見

了？」

「不，不是妳說的那兩個，而是……」

「啊，叫到我了，不好意思羅娜同學，我先去了！」沒給羅娜把說完話的機會，安莎莉匆匆忙忙地走向前接受「虛擬薔薇」的測試。

現場每一個人都熱衷討論著「虛擬薔薇」的測驗，唯有羅娜不安地看著四周，心中所想的那個人卻遲遲不見身影。

「現在，白薔薇測試部待會會來宣告新生們的科系分配，請各科系的學長姐代表至臺前準備迎接新生。」

經過一段很長的時間，「虛擬薔薇」的測試活動終於結束。接受測試的新生們有的一臉疲累，有的表情難過，有的甚至暫時不想說話。只有少數人在經過測試後仍跟平時一樣，彷彿什麼都沒發生過。

「妳看，宥娜同學完全無動於衷呢，真是厲害呀！」

「你快看賽菲，不愧是第一名進來的學生，到現在還悠哉地喝著牛奶呢！」

「咦？為什麼是牛奶？賽菲同學原來喜歡喝牛奶？」

「妳不知道嗎？聽說賽菲同學想要長高……」

兩名女同學之間的對話，隨著羅白主任上臺拿起麥克風後就此打住。羅白主任一手拿著剛出爐的分配名單，一邊對著麥克風道：「各位新生聽清楚了，現在準備宣布分配結果！」

羅白此話一出，現場的新生們都安靜了下來，包含羅娜。儘管她仍有些憂心星滅，但巴哈姆特跟法哈德告訴她應該不用擔心。式神跟靈體是更接近的存在，身為羅娜的式神，巴哈姆特說星滅的氣息沒有完全消失，只是人不知去向，而且氣息薄弱不好判斷。

法哈德也跟說道，既然現場接受測試的新生都沒有傳出同行式神消失的消息，照理來講，「虛擬薔薇」應該不會真正傷及式神。

聽了巴哈姆特和法哈德的話後，羅娜確實安定許多。這個時候正好要宣布結果，羅娜便和其他人一樣都將注意力集中在這上頭。

「好緊張，不知道最後是什麼科系，能跟羅娜同學同一個科系就太棒了。」

安莎莉臉上難掩接受測試的疲倦，但聽到要宣告結果還是頗為期待，雙眼都亮了起來。

「啊，要是能同班就好了。」羅娜回應安莎莉的話，她是真的喜歡這個朋友，可以提供很多有用或有趣的情報……咳咳，這當然不是主要的理由。

「本屆聖王學園新生職階屬性分配結果——第一位，羅娜同學，花嫁系！」

羅白主任一宣告，現場所有人一片譁然！

其中最無法接受這個結果的，正是被點名的當事者——羅娜本人！

「花嫁？我？花嫁系？這是什麼鬼結果！我怎麼可能是花嫁系啊！」聽到結果的當下，羅娜彷彿看到美杜莎的蛇眼一樣，瞬間石化。當她回過神來，整個情緒瞬間爆發出來，睜大雙眼不敢置信地大喊。

她怎麼會被分配到花嫁系？

她究竟哪裡像拿著捧花去追求幸福的女人？

「我說那個『虛擬薔薇』是不是哪裡出錯了？真要說的話……影視系什麼的還勉強能接受啊！」

畢竟先前她扮演「娜娜醬」還算得心應手，再怎麼說也當過一陣子的「偶像」，怎麼想影視系都比花嫁系還要適合吧……

「哈哈哈，這真是出乎意料的結果啊，不過本龍王跟妳想的一樣，本性男人婆的妳，怎麼會是花嫁系的人選呢？」。

「誰男人婆啦，你才是男人婆，你全家都是男人婆！」

「唷，還說呢，既然不是男人婆那就是溫柔淑女囉？如果是溫柔體貼的淑女幹嘛排斥花嫁系呢？」

「老色龍你！」羅娜被巴哈姆特氣得一時間不知該如何回嘴。

這時，身為她的另一名式神的法哈德說話了：「不愧是我的百合花，的確是適合花嫁系的人選，畢業之後一定可以成為我優秀的新娘。」

「呃，你這種妄想還是省省吧。」羅娜馬上板起死魚眼吐槽法哈德。

「哼，聽到沒？就算全天下的男人都死絕了，我們家的男人婆也不會嫁給你的，腹黑魔王！」

「我說你為什麼要一直提『男人婆』這個詞？你欠揍嗎，老色龍？」吐槽火力沒有斷開，羅娜馬上又回了巴哈姆特一句。

她心想，自己到底都養了什麼的式神啊？

話說回來，難道對於花嫁系她沒有說不的權利嗎？

「羅娜同學恭喜妳！真是太棒了！居然能進入花嫁系！」安莎莉的恭賀聲打斷羅娜和式神之間對話，將羅娜的思緒拉回現實。

「拜託，我一點也不想進入什麼花嫁系，妳會這麼覺得是因為妳姐安倍也在那個科系吧？」羅娜沒好氣地回應安莎莉。

沒想到安莎莉的表情忽然一沉，莫名地神色黯淡，用一種心虛的口吻說：

「不是那個原因啦，安倍在花嫁系對我來說一點也沒有加分，反而還……」

「嗯？反而還？」

「不，什麼都沒有……我們還是認真聽接下來的分配結果吧？妳應該想知道宥娜同學的科系吧？」安莎莉話鋒一轉，趕緊扯到其他話題上。

「對耶，我也很想知道那個女人會分到什麼科系。」

「應該快了，在妳之後沒多久就輪到她受測試。」

就在安莎莉回答時，前方傳來羅白主任的宣告：「宥娜同學——武人系！」

答案揭曉，現場再次傳出學生們嘈雜的聲音，不過和羅娜的狀況不同，大伙都是一面倒的讚嘆，顯然多數的學生都認為宥娜是實至名歸。

「宥娜同學果然是武人系，她的戰鬥能力這麼高強，武人系絕對是最適合她的科系！」

「能被分配到武人系不簡單啊，裡面都是一群戰鬥力破表的牛鬼蛇神，要是跟他們科系的人對上絕對會被打得很慘！」

「就是說，許多歷屆將軍都是從這個科系畢業的啊！」

諸如此類的討論不斷出現，羅娜在旁聽了頗不是滋味，她冷冷看向與自己有著極為相似臉蛋的宥娜，碎碎念道：「憑什麼那傢伙就能進入武人系，我就得是莫名其妙的花嫁系？我跟那女人到底差在哪裡啊？」

「大概是這個原因吧，羅娜同學我幫妳把分配結果報告領回來了。」安莎莉從後頭走近羅娜，手裡拿著一份報告，順便看了一下。

「哇，妳別偷看別人的隱私啦！」

羅娜心頭一緊，那份報告該不會把整個測試過程巨細靡遺地寫出來了？這麼一來，她在裡面遭遇的種種，包含被迫穿上透明裸紗都會被人知道了！

「小心點，別用力搶啦！羅娜同學要是把報告撕毀就麻煩了。」安莎莉看著羅娜把報告從自己手裡搶過去後，好心提醒著她。

「我看看到底是什麼原因……」拿著手中這份報告，羅娜看到紙上記載著被分配到花嫁系的理由，「第一點，有著吸引男性的獨特魅力，使眾多男人為之爭奪；第二點，有著成為最佳新娘的潛力……這算哪門子的爛理由！」

羅娜一怒之下把手中的報告摔在地上，她都快要腦溢血了！

「哈哈哈！這理由真是絕了！」

「不準笑！你這全身鬆垮垮的老龍王！」

「哈啊？妳說誰鬆垮垮？要不本龍王立刻展現我硬邦邦的地方——」巴哈姆特一如既往地開著黃腔，可惜他的回嘴沒有被羅娜聽入耳中，此刻羅娜只顧著怒視自己看到的理由，一時間難以消氣。

「雖然我不清楚羅娜同學在受測中發生什麼事……但……的確是很奇妙的理

由呢……」安莎莉在一旁尷尬地笑著，不管是她還是羅娜，都沒想過會是這種理由。

「再來是安莎莉同學，測試結果為——學者系！」

突如其來的公告，讓安莎莉愣了一下，不過她看起來沒有很驚訝，很快就恢復平常的神色，喃喃自語：「學者系啊，還真是不意外呢……」

「很棒呀！感覺很適合妳啊，總比花嫁系好，可惜沒辦法跟妳同一個科系啦！」羅娜拍了拍安莎莉的肩膀，雖然內心有些惋惜，卻也豪邁地祝福對方。安莎利給人的印象非常聰明伶俐，就是有一點膽小怕事，所以被分配到學者系一點也不奇怪。

「不能跟妳同班確實很可惜，但沒關係，至少學者系跟花嫁系都在白薔薇校區內。要是我去了別的科系，例如武人系，搞不好就得走很長一段路才能跟妳碰面了。」

「也是啦！不過原來武人系離我們這麼遠啊？太好了，這樣就可以少看到那個女人的臭臉了。」羅娜有些開心地點了點頭，視線瞄向宥娜，每每看到那張和自己極為神似的臉孔，羅娜心中都有種莫名不爽的感覺。

雖然那傢伙說她是什麼山寨版……

但她自己那張臭臉才是山寨的失敗品吧！

「哼哼，一個學者系一個花嫁系，都是一些軟弱魯蛇的廢物科系啊。」一道有些耳熟但羅娜一點也不想記住的聲音，從後方朝羅娜和安莎莉越來越近。

羅娜險些忘了，除了宥娜以外，還有一個討人厭的傢伙也在這個學校裡。

「哦，真是抱歉喔，那你又是什麼偉大的科系？」等對方來到羅娜面前，她才冷冷地回應眼前的王任。

「哼，這還用問嗎？我一定會進入政治系那種偉大又有未來的科系啊！妳不知道嗎？我們國家的首相，十個裡面有九個都是出自聖王學園政治系！」王任高傲地挺起胸膛，自豪又信心地拍著胸脯回答。

聽了王任充滿自傲的回答後，羅娜只是毫不在乎地回應道，「是喔，那你加油，希望不會成為毀滅國家的首相。」

「妳、妳說什麼！妳這可惡的女人！我絕對不會放過妳的！」王任氣得臉紅脖子粗，朝著羅娜大吼。

「那個……羅娜同學，妳就別再理他了啦。」安莎莉輕輕扯了扯羅娜的袖子。

「我也沒想理他，只是看他可憐而已。」

「羅娜同學，妳再說下去就要把人給活活氣死了啦……」

就在這時，前方傳來羅白主任的宣告：「王任同學——影視系！」

登愣！

王任的腦海裡傳出一聲巨大聲響。

王任，遭受強大攻擊，ＨＰ直接降為０，再起不能！

「哈哈哈！影視系？不是說肯定會進入偉大的政治系嗎？不行這真是快笑死我了哈哈哈哈！」羅娜聽到結果宣布的瞬間，立刻捧腹大笑起來，對比之下，王任的處境顯得更可憐了。

「不該是這樣啊……怎麼可能是影視系……聰明如我，霸氣如我，懂得運籌帷幄的議長兒子怎麼可能是——天殺的影視系啊！」王任錯愕又震驚地彎下腰，將雙手按在自己的膝蓋上，看起來似乎真的遭受到相當大的打擊。

「哎唷，到底是為什麼會被分配到影視系呢？讓我先來替王任同學看看吧！」羅娜趁王任意志消沉的時候，半途攔截了本要送到王任手中的報告，她咧嘴一笑，打開報告一看：「理由一，很有表演的細胞？理由二，誇大的反應跟豐富的情緒適合演出？哈哈哈，說的很準很有說服力耶！恭喜你啊，未來的閃亮明星——王任！哈哈哈！」羅娜笑到眼淚都快擠出來了，可憐的王任臉色一陣青一陣白，握緊拳頭卻什麼話都說不出來。

「好了，羅娜同學妳就別再笑他了……」雖然平常一點都不喜歡王任的為人，安莎莉也不忍看王任被繼續嘲笑，向來心地善良的她忍不住出聲勸阻羅娜。

羅娜一邊用手指拭掉流出來的淚，「哈哈，小安妳就是人太好，不趁這種時機好好削弱這傢伙的氣勢，下次就不知道要等到什麼時候了。」

「妳、妳給我記住！我絕對不會善罷甘休！」王任的臉上滿是被羞辱過的猙獰與狼狽，但他還算識時務，撂下這句話後便趕緊走人。

「煩人的傢伙終於走了，不過現在還有誰的結果沒公布啊？我是指那種比較需要關注的人。」對著王任一副「慢走不送」的表情後，羅娜收起笑容，轉過身來問向安莎莉。

安莎莉看向她的斜前方，「最後只剩下那個人了吧？應該說，那個人也是大家最想知道結果的人之一。」

「妳說他啊？的確，身為本屆最高分考進聖王學園的人物，賽菲，確實很引人注目。其實我也挺好奇的呢，不過我是不可能跟這傢伙成為同班同學的啦！」

花嫁系根本不招收男學生啊，羅娜肯定地想著。

「最後一位，賽菲同學——」羅白主任的聲音透過麥克風傳到各個角落，同時底下的學生也都紛紛安靜下來，彷彿每一個人都是當事人一樣豎耳傾聽。

「來了來了！」

羅娜嘴角揚起一笑，和其他同儕一樣，都在等待賽菲的分配結果。反觀賽菲本人倒是表現平常，看不出任何情緒在他如冰山般的臉上浮現。

「賽菲同學的測試結果是——政治系！」

當羅白主任一公告結果，現場又是一片譁然，除了賽菲以外都在熱烈地討論！

「是政治系！賽菲同學是政治系！」

「不愧是第一名進來的！果然進入大家最想進入的政治系！」

「聽說能進入政治系的學生都是全能型啊！跟剛剛大聲宣揚自己一定會進入政治系，結果卻是影視系的某議長兒子相比……」

討論聲此起彼落，籠罩著整個空間。至於賽菲，他只是一臉平靜地接過報告，平淡地瞧了一眼，便面無表情地將報告收起。

「現在所有學生的分配結果都已宣布完畢，請各位同學依照分配的科系，前去找尋科系的學長姐報到。」羅白主任將名單收起後，再次湊近麥克風對著全體新生說道。

在羅白主任的指示之下，學生們開始動作，羅娜暫且和安莎莉告別後，有些心不甘情不願地走向花嫁系學姐代表，也就是安倍學姐。

「歡迎來到花嫁系，羅娜同學。」

有著一頭淺粉長髮、水藍色如娃娃般又圓又大眼眸的安倍，一見到羅娜的到來，便用迷人溫柔的笑容招呼著羅娜。

每次看到安倍，羅娜都會在心裡忍不住替安莎莉抱屈，為何上天如此不公平，只把美貌給了安倍呢？

「安倍學姐，有沒有半途轉到其他科系的案例？」羅娜一來到人家面前，開口便說出這種想轉科系的話，她身後的其他新生無不露出訝異的表情。

只不過安倍也不是省油的燈，笑意盈盈地回答羅娜：「羅娜學妹，過去聖王學園尚無這種前例，但若妳辦得到的話，我也樂見其成。」

「哇，安倍學姐真嗆。」

「誰叫羅娜同學這麼不禮貌呢，被嗆剛好。」

在羅娜後頭、同為花嫁系的女學生，正在交頭接耳。由於音量不算太小，羅娜也距離她們不遠，自是把話聽得十分清楚，不過她向來不是那種會在意閒言閒語的人。

「我會努力嘗試的，安倍學姐。」即便聽到同科系的同學那樣討論自己，羅娜也維持著她一貫的本性，高傲地回應安倍。

「呵，我很期待喔。不過，既然現在是我們科系的學妹，身為妳的前輩，現在要依照聖王學園的傳統，頒發花嫁系的制服和徽章給妳。」安倍一點也沒有被刺激到，依舊從容甜美地笑著。

「頒發制服跟徽章？」

羅娜眨了眨眼，這才注意到放在安倍身後的一個大紙箱，裡頭似乎放滿了一疊疊的制服跟徽章。

「是的，聖王學園每一個科系都有各自的制服跟徽章，不是我自誇，但我們花嫁系的制服是所有科系裡最好看的。」安倍笑咪咪地回答了羅娜的疑問，隨即轉過身從紙箱裡拿出一套制服，「羅娜學妹，這件是給妳的。」

羅娜接過制服，將摺得整齊的白色制服拿在手中，她這才明白為何安倍會那樣說。

花嫁系的制服整體聖潔純白，和其他科系制服一樣都是學院風的設計，不過除了顏色的區別外，花嫁系的裙襬上還多繡了一層白色雪紡紗，看起來有種夢幻婚紗的感覺。

而粉紅色的蝴蝶結繫在胸前，柔光的緞面布料增添了不少質感，合身的剪裁更是讓每一個女學生穿上後都特別端莊可愛。

摸著良心說，倘若她還在扮演「娜娜醬」，這件制服絕對可以成為迷倒宅男的最佳利器！

羅娜再回頭看向站在自己面前的安倍，老實說，安倍是所有學長姐代表中最為出眾的一位，因此替花嫁系的制服增添不少迷人魅力。

「是不是特別可愛呢，羅娜學妹？進入花嫁系，一開始就能拿到比別人漂亮的制服是不是很棒呢？」安倍笑笑地看著羅娜。

羅娜發現自己看制服看得有些入迷，有些彆扭地微微漲紅著臉，別過頭去答：「才、才沒有呢。」

「呵，有沒有都沒關係喔，我很期待妳穿上花嫁系制服的那刻呢。」安倍接續說：「接下來，頒發象徵聖王學園花嫁系的徽章。」

安倍再次將拿出花嫁系的徽章。不過與其說是徽章，更像是胸針的設計，銀色的六角形圖騰之中刻著一朵百合花，看起來有種聖潔的感覺。

「這代表著我們花嫁系「為了成為最棒的新娘」的理念，神聖且純潔無瑕，而鋼鐵的質地則表示著我們堅韌不屈的心。其實，不覺得這跟羅娜學妹的個性很像嗎？」安倍一邊說，一邊彎下腰替羅娜別上徽章。

羅娜低頭看著自己胸前的徽章，伸出手來輕摸了一下：「神聖純潔不敢當，我是會使用卑鄙手段達成目地的人……但是堅韌不屈這個倒是深得我心。」

「妳喜歡就好，那麼請讓我以花嫁系代表的身分向妳再次鄭重宣告——」安倍一手覆在自己的胸前，伴隨著燦爛迷人如絢麗陽光的笑容說道：

「歡迎來到聖王學園花嫁系，羅娜學妹。」

第十章

Scepter of Rose King

滅。

「星滅！」

分配科系的測試結束後，羅娜一回到自己的寢室，就見到臥倒在床上的星滅。

「你怎麼會在這？你知不知道我找不到你有多……」羅娜說到一半便強硬地打住，欲言又止。

「哈……為何不把話說完呢……我想聽妳說擔心我呀……」本來閉目休息的星滅，聽到羅娜的聲音後才緩緩撐開眼皮，臉色十分蒼白。

「少囉嗦，你現在到底是怎麼回事？為何會突然消失？又為何是這副模樣？等等，你的靈力值怎會這麼低？」

羅娜沒有回答星滅的前一句話，她握住對方的手，感受到星滅身上非常微弱的靈力。對星滅的來說，他不是式神，靈力對他來說尤為重要，因為一旦靈力不夠，身為靈體的他就會消散，再也不存在於這個世界上。

羅娜不知道是什麼導致星滅的靈力大量流失，只能焦急地探問。

「我也不是很清楚……只知道結束測試之後，整個人就不好了……大概，是因為我在測試的過程中死亡的緣故吧……」星滅有氣無力地回答羅娜的問題，明明看起來狀態很不好，他的嘴角仍是掛著牽強的弧度，就像想要安撫羅娜一般，不希望她為此太過憂心。

「原來……最後你仍是……」明白來龍去脈後，羅娜眼簾一垂，眼神中充滿了自責。

「這不怪妳呀……娜娜醬……我只是需要休息一下，又不是真的消失了……」

「不行——」沒讓星滅把說完話，羅娜突然振作起來，認真說道：「我不會讓你獨自一人面對，你是因為我才變成如此。我不喜歡欠人情。」

羅娜站起身，開始著手準備著什麼的模樣。星滅一看便微微睜大雙眼，就算羅娜還沒說出口，他也大概知道她的打算。

「妳這是……要在此時此刻跟我締結契約？」

羅娜一邊忙著手邊的準備工作，一邊回應星滅：「既然知道了，就保持體力別再多說話。」

羅娜很確定自己要做什麼。

就是立刻跟星滅訂下式神契約。

這不止是為了履行和星滅之間的約定，也不僅是為了完成星滅的願望，想讓星滅快點恢復原本的狀態，最好的方法就是成為她的式神，從她這個御主的身上直接汲取靈力！

為了星滅，也是為了自己，羅娜已經決定要與他締結正式的式神契約了。

接著，羅娜認真地投入契約的儀式之中。星滅看著眼前的女人，這個不管生前還是死後都最喜歡的女人，為了自己努力的樣子。

真的，太美好了。星滅從沒感受過這麼甜美的情緒。

不管他在此之前受過什麼折磨，吃過什麼苦痛，在與羅娜正式訂下契約的過程中所有憤恨都昇華消失，一切的一切化為虛無。

只要羅娜認同自己。

只要羅娜希望自己陪在她身邊。

星滅什麼都可以拋棄，哪怕要自己為羅娜再死第三次、第四次都無所畏懼。

而這份心情，更貫徹在他成為羅娜式神的這件事上。

「星滅，我以御主的身分，向你締結契約——從今日起，你將正式成為我的式神！」

在羅娜這句語氣堅定的宣誓之後，一道強烈的光芒包圍住她與星滅。當光芒漸漸散去，羅娜搶在星滅之前開口說道：「星滅，現在立刻來補充靈力吧。」

「現在？那……無論我用什麼方式補充都行？」星滅語帶曖昧地問向羅娜。

羅娜雙手一攤，一本正經地回應：「怎樣都行。」

聽到羅娜如此肯定的回答，星滅笑了笑，接著他搖了搖頭，一邊緩緩地坐起身，「娜娜醬……不，現在該稱呼妳為御主大人了……妳真不該這樣對我說。」

羅娜一時間聽不懂星滅的言下之意，卻能感覺出他隱含的危險氣息。可是她既然都把話說出口了，就沒有再反悔的餘地，反正應該也來不及後悔了。

她看著星滅突然將臉湊近自己，伸出一手來勾住她的下巴，羅娜的心跳不禁加快起來，她彷彿可以預見到接下來會有什麼發展。

「我終於，可以正大光明地吻妳了，我的娜娜醬。」隨著星滅話音一落，羅娜頓時感覺到眼前一片空白，她的腦袋亦是如此，因為星滅的唇毫不猶豫地覆了上來。

「唔……」喉嚨忍不住發出一點呻吟，她的腦海裡完全被這個吻給占據。

星滅的這個吻，很重，一點也不輕柔。

過去為了給式神補充靈力，和他們有過各式各樣的「接觸」，其中不乏這看似與情人之間的接吻。

巴哈姆特的吻，帶有一種說不出的霸道和強硬；法哈德的吻，除了技巧很好讓她感到放鬆舒適外，還有一點挑逗的意思，那傢伙總會趁她一個分神，用舌尖翹開她貝齒。

此刻，星滅的吻和前兩者又截然不同。星滅吻得很用力，好像把全部的力氣都壓了上來，可是一方面又十分小心翼翼，深怕自己弄疼了她。

真要說的話，星滅的吻技跟前面兩人比起來笨拙許多。

羅娜猜想，應當是星滅沒有像龍王與魔王那樣，擁有豐富情史的緣故吧……

星滅的吻，更像是專屬於她的一心一意。

「啊哈……」和羅娜的唇拉開一點距離後，星滅發出一聲喘息，兩頰明顯地紅潤起來。一方面，他確實從羅娜身上吸收了靈力，氣色明顯好轉；另一方面，導致雙頰紅潤的主要原因，卻是因為這個吻。

「我說星滅……這該不會是……你的初吻？」綜合羅娜感受到的種種，她忍不住詢問對方。

「哈，因為我的吻技不佳才讓妳這麼問的嗎？」星滅有些自嘲地笑了笑。

「嘛，我只是猜想而已，沒有別的意思……」羅娜有些心虛地別開目光。

原以為對方會有些不悅，想不到星滅卻直接答：「是，這是我的初吻，娜娜醬。」

「咦，你、你是認真的？」聽到對方這麼說，羅娜還是有些難以置信。

「我對妳一直都是很認真的，娜娜醬，難道妳還看不出我的心意嗎？」

「那還真是抱歉喔……對這方面我本來就不是很擅長……」

來自星滅的視線太過熾熱、太過專注，彷彿在他眼中全世界只有妳一般，再也容不下別的。

羅娜很不擅長應付這類型的人。

因為她知道，一旦被這種人鎖定，就很難有逃脫的機會。

這種人只懂進攻，不懂退守，更不懂得什麼叫放棄。打從星滅迷戀上自己的那天起，羅娜就有這種預感，儘管當時她一點也不想理會星滅，更不把他當回事。可是看看今日，他居然讓自己願意主動與之訂下契約、成為她的第三名式神……

這是當初的羅娜萬萬沒想到的事。

可以說，正是星滅的那份執著，那份對她異常熱情的執著，直到死都不放過她的執念，讓他可以在今天逆轉所有局面、如願以償。

「那麼，現在換我問娜娜醬一個問題好嗎？就當作公平交換。」

星滅突然提出這項要求，讓羅娜有些意外地看向他：「什麼問題？」

直覺告訴羅娜，星滅這小子提出的恐怕不是什麼正經的問題，她不免有些小小擔憂。

「嗯……我想想……對了，娜娜醬，妳有過那方面的經驗嗎？」星滅想了一下，突然彈指一聲，像是想到很棒的問題般問向羅娜。

「咦！你、你怎麼會當著淑女的面前問這種羞恥的問題！我、我拒絕回答！」

果然！

她就知道星滅這傢伙不安好心！

這是什麼亂七八糟的問題啦！

「不行哦，娜娜醬不可以逃避喔，之前我也是非常乾脆地回答了呢！娜娜醬可不能這樣。」

「為、為什麼我不能這樣？反、反正我就是卑鄙，我就是耍賴，我就是拒絕回答！」

「還真是狡猾呢，不過沒辦法，這就是我喜歡的娜娜醬，因為妳實在太可愛了只好原諒妳。不過……」

「不過什麼？」

本來聽到星滅前面的話感到有些安心，沒想到後面那句「不過」讓羅娜無法完全鬆懈下來。

「不過……既然妳無法用嘴好好回答我的問題……那就用身體來告訴我好了——」

星滅嘴角揚起一抹壞心的微笑，羅娜頓時心裡一陣發寒，她好像懂什麼了！

「等等，你說的身體告訴答案……難道是……不、不準你亂來！」

羅娜反射性地拉開和星滅之間的距離，沒想到卻被星滅一把抓住了右手。

「別這樣嘛，我可是還很虛弱喔……還需要補充更多靈力才行呀……妳又不是不知道什麼原因讓我變得這副模樣……是吧，御主？」馬上轉換成一副楚楚可憐的模樣，本來恢復正常的語氣也再度虛弱起來，縱使羅娜一眼就能看出星滅是在假裝，卻一時間不知道該如何是好。

「御主不要緊張嘛……我不會太過踰矩的，真的。」星滅用充滿求情的眼神，水汪汪地注視著羅娜，再加上那蓬鬆垂下的可愛尾巴，讓向來無法抵抗毛茸屬性的羅娜更無法招架了。

「真的……不會踰矩？不會太超過？」羅娜嚥下一口口水，動搖地小聲問向星滅。

星滅微微一笑：「不會，我跟妳保證。就只是普通的補充靈力而已嘛，御主和式神之間不都是這樣嗎？」

「唔，好像真是那樣……」

「因為真的只是那樣而已呀，娜娜醬……妳真是想太多了喔。」

「什麼想太多？還不是你說了那樣的話……」

「嗯？哪樣的話？哎呀，原來我的御主這麼重視我說過的話呀，真是令人開心。」星滅一邊笑著，一邊把本來抓住羅娜手腕的手轉移陣地，撫上了羅娜的腰際。

「好、好癢……！別亂碰那裡啦！」

「才碰一下反應就這麼大了？這裡該不會是娜娜醬的敏感點吧？」嘴角揚著笑容，星滅看向又別過頭去的羅娜。

「什麼敏感點……不要胡說八道了！不對，你說什麼我根本就聽不懂！」

羅娜的雙眼一直不敢直視對方，彷彿只要與星滅對上眼，就會輕易淪陷。

「真的不懂？哈哈，御主真是害羞呢，明明心裡清楚卻裝作不知道，是想營造清純的形象嗎？」星滅用力地將羅娜摟向自己，使她的下腹緊貼著自己的腹腰。羅娜被這突如其來的舉動弄得有些反應不過來，她愣愣地看著臉上掛著笑容的星滅，看著這張難以捉摸的俊俏臉孔繼續說道：「可是妳也知道，我是最喜歡妳、最了解妳的粉絲，怎麼會不清楚娜娜醬是怎樣的人呢？妳這樣故作清純，只會讓我更加亢奮而已喔……」

「誰裝清純了？那都是你自己在說吧！什麼都給你說就好了啊……補充靈力就補充靈力，不需要抱這麼緊吧！」

羅娜想從星滅的懷抱裡掙脫，被這麼緊緊一抱，害她有些不好意思。

「是不是裝的，待會就會知道了……依我看，我家的御主大人可不像妳自己說的那麼無辜喔……」

「那你說說看啊，我到底是怎樣的人？」

「依我看來嘛——」星滅將臉湊到羅娜耳邊，刻意地壓低嗓音用充滿誘惑的口吻說道：「就是個天生淫蕩的女人呢——」

羅娜一聽臉色立刻刷紅，下一秒便用力地推開星滅，生氣地大聲駁斥：「你才淫蕩！你全族人都淫蕩！你們影狼族才最淫蕩、最糟糕！」

「嗯嗯，這點我不否認喔，我們影狼族確實對女人的渴望很變態，妳不是透過虛擬薔薇看得一清二楚了？」

「唔！」本來想藉此反駁星滅並將他怒罵一番，沒料到星滅竟如此坦率承認，害她反而有一種不知該說什麼才好的尷尬。

「怎樣，這樣的答案妳滿意嗎？」

「我幹嘛滿意這種答案啊……」

「哈，沒關係，說這麼多都無關緊要，現在就來回歸正題，讓妳的身體直接告訴我所有答案——」星滅一邊說，一邊開始將手往上游移。他將手伸進衣物之內，愛撫著羅娜的背脊，同時用鼻梁磨蹭著羅娜的耳鬢，雙管齊下的攻擊讓羅娜完全無法招架。

「唔唔……都說了不要弄我……很、很癢……」發出有些難耐的聲音，羅娜的眉頭微微蹙起，閉上雙眼。因為看見當前的景象，肯定會令她感到十分羞恥。

每一次和式神補充靈力都是這樣，她都會覺得莫名不好意思。除此之外，每當式神這般對待她，她的身體很快就會熱了起來，明明一點也不想這樣，身體卻擅作主張。

「很癢？只是覺得很癢而已？」

星滅的問題再次拋來，羅娜有些沒好氣又混亂地回應：「我不知道……不要一直問我一些亂七八糟的問題啦……」

好熱。

身體又漸漸熱了起來。

除了麻癢之外，這種從下往上的熱流，開始襲捲了她的腦袋……再這樣下去，腦袋都要跟著暈乎乎了。

「不知道嗎……不知道的話，我可以告訴妳一個好辦法喔，娜娜醬。」

「什麼好辦法……」雖然知道不可能從星滅口中吐出多正經的方法，但羅娜還是問了。

「方法很簡單，只要妳好好地閉上雙眼，放鬆身體感受這一切就好了。」

「我怎麼覺得這方法聽起來很危險……」

「怎麼會呢，這不是很簡單嗎？」星滅說完，將手指屈起，用指甲的尖端從上往下慢慢對準羅娜的脊梁，緩緩地刮劃著。

「唔唔……！」

頓時，一種又酥又麻、又帶點些微小痛楚的感覺，從羅娜的背後襲遍全身。被星滅這麼用指甲一刮，羅娜心覺不妙，她的身體反應怎麼越來越奇怪了。她真的不明白，為何看似簡單的動作，她整個人卻……這麼有感覺？

再這樣下去真的會該死地淪陷……

其實羅娜多少聽過，御主和式神之間由於需要經常補充靈力，那過程中，很容易讓人逾越御主與式神的界線。

說白點，就是產生真正的肉體關係。

歷來很多御主時常為式神提供靈力，加上補充靈力的過程少不了肢體碰撞與體液交換，很多時候御主會耽溺在這過程之中。

和式神之間的戀愛，在靈人界是一種大家避談的話題。與式神之間的情欲互動，眾人也同樣不願多說。

可是，真的所有御主都能做得到嗎？都能夠忍下在補靈期間，內心的種種騷動與難耐？

羅娜過去十分不屑，她自認自己可以做得很好，至少在只有巴哈姆特的時候……雖然那個龍王是一頭不折不扣的色龍，可大致上都還算點到為止。偶有開玩笑或戲弄她，都不會讓她的內心產生搔癢的感覺。

不過，這樣的情況自從法哈德加入後，就打破了平衡。

法哈德成為她的式神後，便以一種優雅從容的玩樂態度對待她。開始一點一滴用身體跟技巧告訴她……這是一種很舒服且能帶來快樂的事。

在法哈德的開導之下，羅娜的身體開始有了不一樣變化，就連心境上在面對補靈的時候，也多了那麼一點……綺麗的幻想。

雖然羅娜告誡自己這樣是不可以的，然而身體就是這麼誠實，如同現在……當星滅用手刮搔著她的背脊時，那種從體內深處湧上來的燥熱跟欲望就會籠罩全身。

喉嚨開始感到乾渴，身體發燙，彷彿有一道聲音正在腦海裡催促著自己……

接受星滅更多的愛撫與挑逗吧，挑戰過去從未突破的界線吧——

「不……不行……」羅娜下意識地拒絕，她頻頻吞嚥口水，想要滋潤自己乾渴的喉嚨，可是不管幾次都不夠。

啊……就是想要更多……可是又不能這麼做……

「別那麼堅持啊，娜娜醬，如果妳願意，我可以給妳更多更多的樂趣……」星滅的嗓音迴盪在羅娜耳邊，羅娜的頭腦有些昏沉，她眼簾半掩、雙眼朦朧地看著眼前的星滅。她又吞下一口口水，終於有些忍不住地問道：「真……真的可以嗎……？」

「嗯，為什麼不行？很多御主也和式神做這種事情吧？妳知道嗎？當御主和式神之間的肉體關係更為親密，式神能夠獲取的靈力也更多呢……妳要不要試試？」星滅點了點頭，同時將嘴唇磨蹭在羅娜的唇上，彼此若有似無地輕輕摩娑。羅娜都能感受到他的熱氣，星滅也能汲取羅娜甜美的味道。

這舉動，讓羅娜更加難以抗拒了。她感覺自己最後的理智都快要蒸發，到底是為什麼……為什麼她有一種好像快無法克制自己的衝動？

「娜娜醬……我最喜歡的妳啊……成為與我真正結合的伴侶吧？」

「我……」

恍恍惚惚，羅娜只覺得身子發軟，快要坐不住了……

星滅突然站起身，在羅娜還沒反應過來之前，一把將她抱起。

「哇啊！」

被星滅猛然一抱，羅娜反而有些嚇醒，她驚訝地看著星滅問道：「你、你要做什麼！」

「接下來要做什麼，妳不是已經知道了？又何必多問呢，娜娜醬。」

「我……我不知道！快、快放我下來！」羅娜一邊說，一邊捶打著星滅的肩膀。

「瞧瞧妳這無力的拳頭，再說了，現在真的放妳下來，妳能走路嗎？妳的雙腿應該早就已經發軟了吧？」星滅顯然不把羅娜不痛不癢的拳頭攻擊當回事。

「就算如此，我……我……」

「還真是倔強啊，我的御主。不過，這樣才是我喜歡的娜娜醬。」星滅笑著回應，但下一秒他的表情隨即一變：「但是呢，我還是更想得到妳，娜娜醬。我啊，好不容易成為妳的式神，好不容易有機會可以與妳進行補靈，我是不會這麼簡單就罷休的。」

「不、不會啦，既然都成為我的式神了，以後能補充靈力的機會多的是……」

「我不要。」

「欸？」話都還沒說完，羅娜就聽見星滅一口回拒了她的話。

「我就是要今天現在當下，因為我真的再也無法忍耐下去了。」星滅來到床邊，將抱在懷裡的羅娜往床鋪上一放，「這都要怪妳……怪妳當時為何要穿上那件薄紗誘惑我。天知道，妳當時穿著那件性感薄紗的畫面到現都在還烙印在我腦海中，完全無法消散。」

「那又不能只怪我……」

不管星滅怎麼想，也無論他怎麼說，羅娜只知道自己當時的模樣太過羞恥，羞恥到她想立刻把那段記憶給徹底刪除！

「不怪妳，又能怪誰呢……娜娜醬，妳就好好認命，享受接下來過程吧。我一定不會讓妳失望的……」

把羅娜放到床上後，星滅扯開自己的衣服領口，露出藏在底下的好看鎖骨。這時候的星滅看在羅娜眼中，少平時的稚氣，多了一種難以言喻的野性魅力。

好似自己是一頭被狼看中的羊，被抓回巢穴後根本沒有逃跑的後路。

「娜娜醬，就讓我們好好地享受這令人沉醉一晚吧……」

星滅將手移到羅娜胸前，逐一解開羅娜衣服上的鈕釦，一顆、兩顆……直到上半身衣服的鈕釦全被解開後，星滅笑笑地看著羅娜。

只要將衣服剝開，星滅就能將羅娜胸前的春光一覽無遺。這對星滅來說，可是等待已久的美好光景。就在他正準備掀開羅娜的上衣之際，他赫然感覺到自己的屁股被人從外側用力一踢，整個人從床上摔了下來！

「想對我們家的羅娜下手，你這頭小色狼還早得很！」一道飛踢彷彿凌空出世，一腳帥狠準地踹走了星滅，隨之而來的是來自龍王怒吼！

「才默許你跟我們的御主補充靈力，就馬上要超過底線了啊……影狼族的末裔真是不能掉以輕心。我的百合花如此純潔，豈是你這頭小狼能夠隨意玷汙？」

繼龍王的怒吼之後，魔王威壓也跟著出現，法哈德不知何時現身在羅娜和星滅面前。他雙手抱胸，用一種充滿壓迫感的眼神，居高臨下似地瞪著倒在地上的星滅。

「羅娜，本龍王告訴過妳，對這頭小狼狗不能掉以輕心！妳知道影狼族是下半身動物嗎？他們整個族群有百分之九十都是雄性，整天只想對著女人嗶——跟嗶——的生物！只是因為大都只生得出男性，才導致影狼族滅亡！」巴哈姆特一手扠著腰，一邊用教訓的口吻對著羅娜說話。

「咦？原來這就是影狼族的滅亡原因？」

比起巴哈姆特和法哈德突然出現，比起星滅被毫無預警地踹下床去，羅娜更訝異於影狼族的滅族原因。

「怎麼？不相信本龍王啊？本龍王活得那麼久，當然聽聞過這些事，是你們這年輕的一代才會對影狼族如此不了解，就說年輕人終究還是年輕人，太嫩了！」

「不只如此，還很血氣方剛，這頭影狼族的末代子孫要不考慮乾脆讓他絕育如何？反正這支種族早就不存在了。」巴哈姆特說完換法哈德補上，這兩名式神平常毫無互動，只有遇到共同的敵人才會頗有默契地一搭一唱。

「你們兩個老頭子不要眼紅我年輕力盛就這樣對我！娜娜醬剛剛可是自願和我發生關係的！」星滅狼狽地爬起身後，一手揉著被踹到發疼的屁股，一邊理直氣壯地對著這兩名式神大喊。

「哈啊？自願發生關係？你這傢伙對前輩沒大沒小就算了，居然還有臉說出這種話？沒看過被觸怒的龍威啊！」巴哈姆特一聽更是火大，雙眼睜得又圓又大，好像要把對方給吞沒一樣。

「影狼族的小子，ＳＲ等級的式神之威你似乎很想體驗一下？我的百合花是不可能像你說的那樣的。」法哈德表面上維持一貫的優雅，卻也看得出來藏在俊美臉孔背後的惱怒已經升到最高。

「怎麼不是！你們這兩個老頭無法滿足娜娜醬就不要只出一張嘴！」

一點也不怕死……應該說一點也不怕再死一次的星滅，完全不在乎自己的下場（？）就是要據理力爭到底。

「好啊，你這臭小子，今天本龍王不扒了你的狼皮不讓你離開！」巴哈姆特捲起袖子，氣得已經快要失去理智了。

「狼皮給你，底下的肉跟骨就交給我處理。我會讓他知道，什麼叫比死還恐怖的地獄深淵。」繼巴哈姆特之後，法哈德也笑咪咪地靠近星滅，他越是憤怒，臉上的笑容就越是燦爛……這是羅娜這陣子觀察的結果。

羅娜嘆了一口氣，她一臉無奈又苦惱，一手撐著額頭道：

「唉……我是不是從今以後都要面臨各種內鬨大戰啊……」

第十一章

Scepter of Rose King

正式成為聖王學園的學生後，羅娜即將迎接入學第一週的假日。當大部分的新生都各自開心地返家，又或者出去遊玩好好享受放鬆身心的假期時……羅娜卻難得在假日起了一大早。

梳洗完畢後，她走到等身的梳妝鏡前，整理了一下自己身上的這套制服——不久前才剛從安倍手裡接過來的、專屬花嫁系的聖王學園制服。

羅娜看著鏡中的自己，比起一般的學院風制服，這套制服讓她這個不喜歡花嫁系的人，也不得不承認它真的格外可愛好看。

合身的剪裁不用多說，俏皮中帶點浪漫夢幻風格的設計，縱使是之前為了扮演娜娜醬而穿過不少可愛服裝的羅娜，都不禁看得入迷。

這套制服把自己的腰身修飾得更加纖細，雙腿露出的範圍恰到好處，搭配白色蕾絲滾邊過膝襪有一種莫名性感的誘惑力。

最後羅娜別上花嫁系的徽章，她露出滿意的笑容對著鏡中的自己點了點頭。

「娜娜醬穿這樣子根本就是想引人犯罪……」星滅在一旁倚著牆壁，一臉「我快受不了」的表情望著羅娜，不過他身上明顯留有幾個被「教訓過」的痕跡。

「臭小子，你還想挨揍是不是？」站在羅娜另一側的巴哈姆特，眉頭一皺沒好氣地瞪著星滅。這頭影狼族的小鬼根本是二十四小時發情機器，氣死人地年輕氣盛……

「哪敢呢，我已經安分很多了，換作之前，我大概直接朝娜娜醬撲抱過去了。」

「我想也是，你應該很清楚，為了我的百合花要我再殺你幾次都可以。」坐在一旁沙發上一手看著報紙，一手拿起盛著花茶的茶杯，看似無比優雅的魔王，卻說著駭人威脅的話。

「真是可怕，不愧是魔王，出口的話就是這麼駭人聽聞。」星滅嘖嘖幾聲，其實和巴哈姆特比起來，他的確更畏懼法哈德。不單是因為法哈德是殺死自己的人，更重要的還有一點……

他無法看透這個人的想法。

他甚至覺得，不，應該說是懷疑……法哈德對娜娜醬是真心服從嗎？

雖然到目前為止，法哈德每一個出發點都是為了羅娜，但星滅還是無法確定法哈德的真正心思。

會不會是人造式神的關係？

心理層面上，難用一般人類的角度去揣測？

星滅不清楚，但這不打緊，他只希望羅娜能夠看穿法哈德……

「話說回來，娜娜醬，妳起個大早換穿上制服是要做什麼？」星滅轉移了話題。

「今天是什麼日子……你這新來的臭小子不知道吧？」巴哈姆特轉過頭，口氣忽然變得嚴肅許多。

星滅納悶地問：「我就是不知道才問啊。」

「你這臭小子，今天是……」

「星滅，你待會就能知道答案了，現在準備好跟我一起出門。」羅娜收起面對鏡子時的笑容，臉色一沉打斷巴哈姆特的話。

「到底是什麼啊？怪神祕的……」星滅一臉納悶，但還是照著羅娜的意思去做。巴哈姆特和法哈德彼此互看一眼，他們都知道今天對羅娜而言，具有何種特殊意義。

「走吧，我們出發。」

拿起隨身包包，羅娜拎著它往門口前去，踏出聖王學園提供的學生宿舍。

風和日麗，是一個適合出門的天氣。陽光溫和地灑落在這座城市的每一個角落。隔著車窗，靜靜地看著窗外的藍天白雲，羅娜在搭乘公車的時候總是沉默，喜歡安靜地戴上耳機聆聽音樂。

為了避免驚動其他的非靈人，羅娜出門在外都會讓式神待在體內，在沒有她允許的情況下，是不準擅自出來見人。

這也算是靈人之間不成文的規定之一，畢竟對非靈人而言，絕大多數還是對式神靈體抱持著一定的畏懼。

式神擁有絕對的力量，若是身為御主的靈人有心想要造次，或者藉此傷害毫無抵抗力的非靈人，那絕對是輕而易舉。

也因為眾人皆知這一點危險性，於是有了「靈務管理局」，這個由中央政府直屬的特殊部門，規範這些靈人，並且在有需要的時候制裁與懲罰他們。

羅娜瞄了一眼公車上的宣傳海報，上頭除了琳瑯滿目的廣告外，還有一張稍顯獨特的海報紙張。

海報上有一名戴著高帽子、身穿棕色大衣，就像電視劇裡警探的角色一樣，做出指著前方的動作。旁邊空白處，則印上了「隨時在妳／你身邊，保護眾人安全——靈務管理局印製」的字樣。

羅娜一手拄著下巴，一邊看著前方這張海報。對於靈務管理局，絕大多數的靈人都感到有些懼怕，或者說盡量不要和他們扯上關係。靈務管理局不算是歷史很悠久的機關，反而是近幾年才成立的部門……羅娜想了一下，大概就在她家遭遇意外之後沒多久成立的吧。

她當時還小，很多細節記得不是很清楚，只知道那時候社會風氣對靈人不是很友善。在靈務管理局成立後，由於有公家部門的管控，才讓普羅大眾漸漸放心。並在靈務管理局極力宣傳下，讓非靈人知道，只要靈人想做什麼壞事，靈務管理局——簡稱「靈管局」的人員就會馬上介入，保護非靈人。

所以說，靈管局的人對非靈人而言，的確像是警察般，可以替他們伸張正義、保護他們。

反過來說，對靈人而言，「靈管局」就是隨時監控著自己的監控者。他們神出鬼沒，又善於隱藏身分，靈人實在很難知曉哪些是靈管局的人。不過，這並不困擾羅娜，羅娜認為只要自己不做虧心事，哪怕靈管局的人圍繞在自己身邊，她也沒啥好怕的。

將視線從靈務管理局的海報上移開，羅娜看了一下公車上的站牌跑馬燈，看起來就快抵達她今天的目的地了。

「即將抵達林園，林園到了，請在此站下車的乘客準備下車。」

前方傳來公車廣播的聲音，羅娜也早已做好準備，很快地便在這冷門的站牌前下了車。

儘管今天天氣很好，但林園這一站除了羅娜以外，並沒有其他乘客上下車。「林園」這名字宛如什麼知名的觀光景點，但對生活在城市裡的人來說，絕不是什麼可以觀光休閒的勝地。

羅娜轉過身去，只見遍地交錯豎立在這靜默山丘上的石碑。

林園，是一座墓園。

墓園這種地方在非靈人眼中，總是帶著恐怖與陰森的氣息。非靈人對於靈魂有一種錯誤的認知，他們害怕死亡，連帶死後的世界也一併畏懼。因為他們看不到、不瞭解，才會產生那麼多想像出來的恐懼。

也因如此，只有非靈人才會找許多奇奇怪怪的人大肆鋪張地進行法會和祭祀。

羅娜過去也和阿姨一起接過這類的活動，打打工、賺點生活費。好在拚了命進入聖王學園後，學雜費一律減免，校內還供應伙食，完全不愁吃穿。

這對羅娜這種窮困又沒背景的學生而言，比起這一身華麗可愛的制服，這種福利才是最重要的。不過話又說回來，這身制服本就不是為了物質跟美觀，而是代表著一種榮耀與身分地位。

聖王學園的學生在社會上都會得到特殊待遇，像剛剛在公車上，羅娜就得到許多大媽、叔叔以及弟弟妹妹的注目禮。他們無不用稱讚和羨慕的眼光看著自己，期許自己的孩子有朝一日能夠進入聖王學園，或對聖王學園的哥哥姐姐們充滿憧憬。

羅娜當然很享受這些目光，雖然只是一時的虛榮心作祟，不過今天她確實以充滿光榮的心情，搭著車來到林園。

假日的林園，除了祭拜過後的裊裊白煙，羅娜沒看到其他人影。

她一步步往上爬，穿越過無數墓碑後，羅娜才抵達了她要停留的地方。

她看著前方這座墓碑，上頭刻印著兩個她最為掛念的名字。

她站在墓碑前輕聲道了一句：「爸爸、媽媽……女兒來了。」

一股涼風從側邊吹拂，將羅娜的馬尾吹得輕揚飛舞，她一手將散至前方的髮絲往後一勾，面帶一抹淺淺的微笑。

背對著陽光，羅娜只是靜靜地笑著，久久沒再開口說下一句話。

她默默地擦拭整理墓碑，拔除了積年累月的雜草。將一切都打理好後，羅娜這才點了香，插上香爐，而後恭敬地一拜。

彎腰鞠躬並不是為了祈求什麼，只是為了獻上自己最大的敬意……以及思念之情。

祭拜完成之後，羅娜看著墓碑，喃喃自語地訴說道：「爸爸、媽媽，你們看，我已經成為聖王學園的學生了喔！」話音一落，羅娜轉了一圈，就像在展示身上這套漂亮的制服，「看，是不是很漂亮？這是聖王學園花嫁系的制服，還有這個徽章也特別漂亮呢！」

羅娜接續說：「你們大概很納悶什麼是花嫁系吧？其實我也搞不太清楚，好像是為了未來要成為新娘的學生而設置的科系吧……說真的，我也不明白為何我會被分配到這個科系……」羅娜聳了聳肩膀，嘴角揚著無奈的苦笑：「但至少這件制服，花嫁系的制服，應該是所有科系中最好看的一套了。」

在說出這句話的時候，羅娜再次展開笑靨，在不自覺的情況下，多了一種符合她這年紀少女應有的活潑。

只有在父母親面前，羅娜才會表現出少女的一面。平時只有自己一個人生活奮鬥著，總是給人太過成熟世故的印象。

唯獨在這裡，在她最愛的家人面前，才能拋下那些重重包裹著自己的警戒跟防備。

「對了，爸、媽，你們不知道吧？我現在可是擁有三位式神的御主唷！」像是在炫耀一樣，羅娜召喚出她的三名式神，開心地對著墓碑說道，「第一個是老色龍，你們都跟他很熟，我就不多介紹了。」

把巴哈姆特叫出來後，羅娜用力地拍了一下對方的肩膀，直接表明跳過他。

「我說妳啊，會不會省略得太乾脆……」巴哈姆特滿臉無奈，但嘴角卻是微微上揚著。

看到羅娜可以如此自豪地站在父母親的墓碑前，巴哈姆特心裡也是倍感欣慰。他和另外兩名式神不同，他看過羅娜最脆弱的時候，並陪著她一路走到這裡。

那份感觸很深、很深，從當初那個什麼都不會且哭哭啼啼的小女孩，到今天可以挺起胸膛面對自己父母親的少女……巴哈姆特真的感到十分欣喜。

就像看著自己的孩子長大了一樣，那般感動。

如果要他對著墓碑說句話，巴哈姆特應該會說：「啊，前御主，你們的女兒現在過得很好，也更勇敢了。你們可以好好放心。而我巴哈姆特，也會繼續守護著她。」

巴哈姆特對羅娜的喜歡是真，但也參雜著一部分長輩愛護著女兒的心情。

不知道自己的這份喜歡是何時開始，那應該要追溯至很久以前的事了吧……

或許是羅娜還年幼的時候？

好吧，倘若讓羅娜那個口無遮攔的女人知道，大概又要說他是蘿莉控了吧。

「再來，第二位式神，爸爸你應該也很熟了……但我還是想稍微介紹一下。這位是法哈德，你創造出來的人造人式神。」羅娜將目光看向法哈德，簡短地介紹一下後重新將視線放回墓碑上。

「好久不見了……羅教授以及尊夫人。」法哈德的神情有些複雜，在他嚴肅地吐出這句話後，過了好一會，才又說出第二句話：「誠如兩位所見，如今我已是羅娜的式神之一……當年沒有好好盡到的責任，我會一併好好背負，並跟羅娜一起找出真相。」

法哈德說出這段話後，羅娜有些意外地看向法哈德，她眨了眨眼，微啟的嘴唇像是想說什麼，最後卻欲言又止。

今天要來林園祭拜父母親的時候，羅娜曾猜想過法哈德的立場與反應。老實說，刻意帶他過來、面對父親——就是為了測試法哈德的真心。

羅娜曾經非常懷疑法哈德是當年的凶手，雖然法哈德解釋過了，並且也成為了她的式神。在成為自己的式神後，也很聽從自己的指令，沒有做出任何令人起疑的事情。

但是有句話說得好，小心駛得萬年船。今天讓法哈德站在父親的墳前，就是想親眼觀察法哈德的反應。

羅娜心想，如果法哈德真是殺人凶手，站在被害人的墳前應該多少會洩漏出一絲跡象，有所動搖。

可是目前看來……還真是出乎她的意料之外。

肅穆認真的表情，羅娜從法哈德說要證明自己清白的那次過後，就再也沒有見過。

而且還在她父母親的墳前宣誓，要和她一同找出當年的真相與真凶……

法哈德啊法哈德，我到底該不該完全信任你呢……

「嘛，就、就是這麼回事，總之，要是法哈德這傢伙有那麼一點不安分，爸爸你一定要幫我好好教訓他。」羅娜在安定心緒後，轉而半開玩笑地對著墓碑說道。

她還沒接續說下去，倒是有一人急著出聲：「該我了吧？該好好隆重地介紹我了吧？娜娜醬！」星滅往前站了一步，興奮地指著自己，一條狼尾巴開心地搖啊搖。

「是是是，是要輪到你了啦……」羅娜先是白了星滅一眼，看似無奈地聳了聳肩膀，不過她的嘴角微微上揚，顯然已經很了解星滅這小子的個性了。

正當羅娜要開口介紹時，星滅竟一個箭步衝上前，來到墓碑前方，迅速果斷地向前鞠躬並大喊：「岳父岳母好！我是星滅！請你們把娜娜醬託付給我吧！」

「哈啊？」羅娜一臉錯愕。

「岳父岳母，我一定會好好照顧娜娜……羅娜的！」星滅一邊說，一邊將手直直地伸了出去，就像要得到岳父（？）的握手同意一樣。

「你這新來的小狼狗別給我太得意忘形了！」當事者羅娜還未反應過來，一旁的巴哈姆特立刻從後頭又踹了星滅一腳。

「羅教授是不可能接受你這乳臭未乾的小子當他的女婿，死心吧。」法哈德也在後頭朝星滅開了一槍，冷冷地挖苦對方。

「喂！你們不要吃不到葡萄就說葡萄酸！然後一起聯合對付我喔，兩個糟老頭！」星滅轉過頭去對巴哈姆特和法哈德大聲駁斥，激動得兩頰漲紅。羅娜把星滅的反應看在眼底，心想這傢伙是認真的啊……認真地跟她的父母要求把她嫁給他……

雖然這根本是在做夢，羅娜還是覺得有點好笑，也覺得星滅有點……傻得可愛。

「啊，娜娜醬笑了！」和巴哈姆特與法哈德爭吵到一半，星滅聽到羅娜忍不住噗嗤出來的笑聲，便愣了一下。

也因此，暫且中止了巴哈姆特、法哈德和星滅三人之間的混戰。

「娜娜醬，妳到底在笑什麼啊？」星滅一臉困惑地問向羅娜。

「是啊，妳的笑是什麼意思？妳知道自己笑起來很傻嗎？」巴哈姆特也接在星滅之後反問羅娜。

「老龍王你才傻，你全家都傻啦……」羅娜搖了搖頭，隨口吐槽著巴哈姆特。

「我啊……」

她走到三人中間，張開雙手、敞開懷抱。羅娜的前方是雙親墓碑，在她左右兩側則是自己的三名式神。她露出和陽光一樣美好絢爛的笑容，對著自家三名式神道：「因為很高興——能把你們帶到父親面前，告訴他我擁有三個這麼棒的式神，實在是太好了。」

羅娜將雙手環在這三人的肩膀上。

三名式神在羅娜說出這句話後，彼此互看一眼，在這短暫的眼神交接中沒有任何戰火，只有共同的回應——

「那還用說嗎？御主。」

在祭拜完準備離開之際，羅娜不經意地看向周圍……竟看到了一道讓羅娜倒抽一口氣的身影。

羅娜揉揉眼睛，心想自己是不是看錯了？

那個人，不像是會出現在這裡的人啊！

而且那個人……不不，一定是她看錯了！

「羅娜，妳怎麼了？不是要走了嗎？」巴哈姆特注意到羅娜本來要邁開的腳步突然停下，還露出有些錯愕的表情，便有些在意地提問。

「那個……我好像看到了有點面熟的傢伙……」

「面熟的傢伙？在這墓園裡？」

巴哈姆特聽了也有些困惑，如果是在觀光景點或人多的車站見到熟人就算了，這裡可是墓園啊？

在大家都盡可能避而遠之的墓園裡，見到熟人的機率有多高呢？

「我也不知道，可能是看錯了吧……那個人怎麼可能會來到這裡呢……」羅娜試著說服自己，反正才瞥到那麼一眼，看走眼什麼的也很正常。

「如果這麼在意，要不就上前去打個招呼確認不就好了？」向來是行動派的星滅，兩手一攤對著羅娜提出建議。

「唔，沒事的，總之無關緊要啦！我們走吧！」羅娜最後下了決定，催促著自家式神們快快走人。

「真是奇怪，這樣我更好奇到底看到什麼人了……喂，娜娜醬妳該不會是看到了……前男友之類的吧？」星滅用狐疑的眼神盯著羅娜。

「這用不著你擔心，本龍王跟著羅娜這麼久了，她上廁所洗澡都跟在身邊，就是沒見過她交過半個男朋友。」

巴哈姆特拍著胸脯向星滅保證，只不過他這句話馬上招來羅娜的怒瞪跟責罵：「你這老色龍果然偷窺我上廁所跟洗澡！」

「妳說什麼呢，妳小時候毫無自保能力，本龍王願意隨時跟著，妳就要心懷感激了。」面對羅娜的盛怒，巴哈姆特只是把話說得輕描淡寫，卻又理直氣壯。

「哈啊？那洗澡的時候又怎麼說！」羅娜沒好氣地反駁巴哈姆特。

「妳以為本龍王喜歡看妳那未發育……抱歉，是『從未發育』的身體嗎？本龍王再好色也懂品味的好嗎？」

「巴、哈、姆、特——」

正當羅娜快要火山爆發時，後方突然傳來一道冷冰的質問聲：「妳在這裡做什麼？」

「沒看到我在教訓我家式神……咦！」羅娜回頭，對方的身影映入她的眼簾之中。

「可見式神多不一定是件好事，真是夠可笑的。」一手扠著腰，一頭過肩黑色長直髮的少女，面無表情地對著羅娜說道。

羅娜一見著對方，便有些訝異地吐出對方的名字：「宥娜……」

這傢伙怎麼會在這裡！

還真的是她！

「怎麼，娜娜醬？妳剛剛說看到的熟人就是她嗎？」星滅湊到羅娜身邊，納悶地問。

「誰跟她是熟人啊！」羅娜瞪了提問的星滅一眼。

「如果不是熟人，怎會長得這麼像……喔喔喔要死了……！」星滅話都還沒說完，馬上就被羅娜用手肘狠狠地勒住脖子，一副快要窒息的模樣。

「你們這是在幹什麼？想逗我笑的小鬧劇嗎？」宥娜依然板著一張撲克臉，用帶著鄙視的眼神看著羅娜和星滅。

「咳咳，才不是……我才想問妳，妳怎麼會在這裡？該不會是偷偷跟蹤我吧？就這麼想打倒我？」把星滅教訓得心滿意足後，羅娜這才鬆開手，轉而問向面前的宥娜。羅娜一方面也在觀察著宥娜，不知為何……宥娜也是穿著聖王學園的制服來到林園，武人系的制服不分男女都是黑色服裝，長至膝下的百褶裙，小露蠻腰的水手服繫著紅色的蝴蝶結，看起來格外勁帥。

嘖嘖，蠻腰就算了……居然還有腹肌……

「妳又在看什麼？」

「能、能讓我看的人還不多呢！倒是妳怎麼不回答我的問題？妳是不是跟蹤我來的？」

羅娜對宥娜始終沒有好感，但這不能怪她，誰讓這女人第一次見面就和她打了起來，害她被迫打掃環境，錯過了新生入學儀式。

再者，對方的那張臉，羅娜至今還有些難以接受……這世上竟有跟自己長得如此相似的人？

是巧合嗎？

那這個巧合也未免太過可怕。

況且羅娜一直相信著一個道理，這世界沒有所謂的偶然，所有的偶然都是選擇之後必然的結果。

「哼，我可不是那麼無聊的人。」宥娜嗤之以鼻地冷哼一聲，隨後將頭轉向一旁刻著羅娜雙親名字的墓碑，「我是來祭拜的，難道妳那雙眼睛太過愚蠢看不出來嗎？」

「來祭拜的？難道是……」羅娜的眼眨了眨，有些半信半疑地跟著轉過頭，她難以置信地吐出一個推測：「妳也是來祭拜……我爸媽的？」

宥娜依然用毫無起伏的聲調回道：「妳說對了一半，但我只是來祭拜『皇帝』……也就是羅教授。」

「『皇帝』……妳真的跟我爸有關係？妳到底是什麼人？」羅娜握緊拳頭，

板起臉來質問著宥娜。

打從第一次見到宥娜的時候她就想問了，應該說她問過，卻遲遲得不到一個正面的回答。

當初她父親臨死前就交代過，一定要找出能夠認出「皇帝」那張特殊塔羅牌的人。儘管羅娜不覺得宥娜是當年殺害她全家的凶手……不管是從年齡上來看，還是宥娜似乎對她父親抱持著一種敬意……

宥娜只是看了羅娜一眼，再看了看刻著羅娜父親名字的墓碑一下，最後回過頭來，淡淡地回了一句：「妳有沒有想過，自己才是局外人？」

宥娜說得很平靜，平靜到彷彿要冷澈到骨子裡的冷冰，羅娜心頭顫了一下。

這種不安的感覺，在她腦海裡慢慢化開，浸潤到她的身體深處。

「這是什麼意思？我才是……局外人？」

「想不透就算了，我沒有義務告訴妳答案。」宥娜不再多看羅娜一眼，隨即開始進行祭拜。

「喂，妳能不能把話說清楚？到底是……」

羅娜本想衝上前一把抓住對方問個仔細，但羅娜才一靠近，宥娜腰間的那把武士刀便突然飛到她面前，亮出刀鋒！

「不要逼我讓妳血濺當場……若妳懂得尊重父親，就不要再吵我。」宥娜背對著羅娜，聲音冷冽，除了殺氣還有訓斥羅娜的意味。

「唔……！」羅娜倒抽一口氣，瞳孔微微收縮，她真的很想、很想把宥娜抓起來吊打一頓、一問究竟！

把拳頭握得更緊更緊，指甲幾乎快要掐出血來，羅娜最後還是強忍著嚥下這口氣。

「好，今天就放過妳。」羅娜往後一退，經過重重思量才決定忍了下來，「但是，日後我一定會想盡各種辦法從妳口中得到答案，宥娜！」

撂下這句重話後，羅娜便頭也不回地轉過身，壓抑著怒氣邁開步伐離開。

宥娜蹲在墓碑前，默默地上了香後，雙手合十地靜默了一下。

她先是閉上雙眼，再緩緩地撐開眼皮，注視著前方墓碑上的那個名字，喃喃自語：

「您真正認可的女兒……會是誰？而我，又該稱呼羅教授『皇帝』還是……『父親』才好呢？」

尾聲

Scepter of Rose King

翻來覆去了一整晚，羅娜就是沒辦法好好入睡。就算好不容易睡著了，最後也感覺像是淺眠一樣，很快又醒了過來。

讓羅娜睡不好的原因，主要的還是那個人。

「可惡的宥娜……」一邊聽著吵死人的鬧鐘，一邊不甘心白晝太早到來的羅娜，摀著眼睛碎碎念著。

「都是那個女人害的……」

昨天從林園回來後，羅娜便一直想、一直想著宥娜的事情，想到最後根本難以入眠。就算睡著了，夢裡都還有那女人的身影，羅娜對此實在是又氣又無可奈何，宥娜對她來說就像是揮之不去的惡夢……

明明很不想爬起床，今天卻絕對不能賴床。

「快點起床了，今天不是又有一個新生專屬的活動嗎？」巴哈姆特出現在床邊，雙手抱胸對還賴在床上的羅娜催促。

「知道啦……我這就起床了……」

羅娜慢慢地爬了起來，儘管全身倦怠，她打個大呵欠後還是起身梳洗準備。

換裝完畢，嘴裡咬著一片吐司就出門了。這次要前往的地點位於另一個校區——紅薔薇校區的螺旋樓接待大廳。由於宿舍位於靠近白薔薇校區的地方，從這裡靠雙腿走到紅薔薇校區必須花上好長一段時間，已經有點來不及的羅娜，當然選擇搭乘往返各大校區的接駁車。

一搭上接駁車，就見到滿滿的學生人潮，眼尖的羅娜馬上就認出在人群中的安莎莉。

「小安，真巧又遇到妳啦！妳也搭這班車啊？」

努力從人群中擠過去，羅娜湊到安莎莉的身邊。

「羅娜同學？是呀，真巧呢，因為我今天有點睡過頭所以只好搭這班車了。」安莎莉見到羅娜的當下，眼鏡鏡片下的大眼睛眨了一下。

「沒想到像小安這種看起來乖乖牌的學生，也會有睡過頭的時候啊？」羅娜賊賊地笑了笑，用手肘輕輕撞了一下對方。

「真是的，羅娜同學就別虧我了啦。」

「好啦，不取笑妳了，話說回來今天又是什麼活動啊？」

「咦？羅娜同學妳不知道嗎？」安莎莉有些意外地反問羅娜，隨後她道出了答案：「今天可是人稱抽卡活動的——式神抽選活動啊！」

聖王學園，紅薔薇校區，螺旋樓接待大廳。

「哇……戒備可真森嚴……」

一踏進即將舉辦活動的場地，羅娜便發出驚嘆的聲音。不是因為螺旋接待大廳本身特殊的螺旋挑高的空間設計，也不是到處布置的紅色薔薇與華麗裝飾，而是比學生人數還要多的黑衣警衛列隊排開。他們人人佩戴著墨鏡，手持武器，嚴肅且殺氣騰騰地在接待大廳內巡邏站崗。

「真的……以前只聽安倍說過……我還是第一次見到這個場面呢……」在羅娜身旁的安莎莉也跟著有些驚訝。

「吶，小安，妳知道為什麼要搞得這麼警戒嗎？」

「聽安倍說，因為這裡保管著一臺非常重要的裝置，也就是抽選式神的儀器，校方平常都會將那臺機器放在相當隱密且安全的地方，唯有一年一度新生入學時才會拿出來，所以每次舉辦活動都會派大量的武裝警衛來保護裝置安全。」安莎莉一邊回答羅娜的問題，一邊往大廳內繼續前進。

「哇，這麼嚴格啊？但到底什麼是抽選式神……」

正當羅娜想繼續和安莎莉談論這個話題時，前方兩名高大的警衛擋住了她們的去路，嚴肅地問向羅娜跟安莎莉：「請停住，我們需要確認妳們的身分。」

「啊？不是一看就知道我們是學生嗎？都穿著制服呢。」被突然這麼說，羅娜有些傻眼地問道。

但見兩名警衛沒有理會羅娜，而是用一臺機器射出紅光，分別掃瞄了羅娜和安莎莉胸前的徽章。

「嗶」的一聲過後，其中一名警衛才說：「身分確認無誤，是花嫁系跟學者系的新生，允許放行。」

宛如機械般的冷酷聲音傳了過來，兩名宛如高山般的壯漢警衛立刻讓出一條路。

「原來徽章還有識別身分的作用啊？」羅娜轉過頭去對著安莎莉說道。

「看樣子是有這功能呢。」安莎莉朝羅娜點了點頭。

一走進接待大廳，羅娜就見到早已在現場等候的學生們，以及最前方講臺上正忙著籌備活動的工作人員。

到目前為止，羅娜都還沒看到安莎莉提到的「抽選裝置」，老實說，她到現在也還搞不清楚究竟要抽選什麼？

而且，式神真的可以用「抽」的嗎？

「唔，好像沒看到那個臉很臭的女人呢。」羅娜的目光掃射四周。

「妳說的該不會是宥娜同學吧？」

「對啦，就是她，這次的新生活動怎麼沒見她到場？」

「對耶……我也沒看到她……這真是奇怪了。」安莎莉也跟著羅娜找尋宥娜的身影。

「哈，我看她肯定是睡過頭了吧！」羅娜雙手抱胸，肯定地點了點頭。

「哈、哈哈……真的是這樣嗎……感覺上不像是宥娜同學會做的事呢……」

安莎莉有些尷尬地笑著回應羅娜。

「不過，不是說十點準時開始活動嗎？怎麼到現在都還沒要開始的感覺啊？」羅娜轉頭四處查看，也沒有見到任何裝置。

「對啊，聖王學園的活動向來很準時呀……」

安莎莉同樣感到困惑，就在這時，一名黑衣警衛看似非常緊張地跑到講臺上，對著工作人員說了幾句話後，工作人員驚慌失措地喊出一句話：「快！快通知區主任跟校長！」

此話一出，不管臺上或臺下的學生都一片騷動！

大伙議論紛紛，本來在四周的黑衣警衛開始動作，一部分匆匆忙忙趕往另一個地方，留在大廳的警衛則握緊手中槍枝、做出隨時準備展開戰鬥的姿態！

「喂喂，發生什麼事了啊？看起來很不妙啊……」羅娜拉了一下安莎莉的衣角，不知為何自己也跟著警戒起來。

「不知道，但感覺是很嚴重的事情……」

安莎莉的臉上流露出強烈不安，就在接待大廳的眾人都陷入一片混亂之中時，前方講臺上的大型投影銀幕上，赫然跳出一個畫面。

「那是——」羅娜見到銀幕上顯示出來的影像，瞳孔立刻微微收縮，狠狠地倒抽一口氣。

此刻，映入羅娜以及現場所有人眼中的影像……正是一張長方形、背面繪有宛如女海妖圖騰的塔羅牌。

——《少女王者03》完

Novel.帝柳

高寶書版集團
gobooks.com.tw

輕世代 FW311
少女王者03

作　　者　帝　柳
繪　　者　JNE*靜
編　　輯　任芸慧
美術編輯　林鈞儀
排　　版　彭立瑋
企　　劃　方慧娟

發 行 人　朱凱蕾
出　　版　英屬維京群島商高寶國際有限公司臺灣分公司
　　　　　Global Group Holdings, Ltd.
地　　址　臺北市內湖區洲子街88號3樓
網　　址　www.gobooks.com.tw
電　　話　(02) 27992788
電　　郵　readers@gobooks.com.tw（讀者服務部）
　　　　　pr@gobooks.com.tw（公關諮詢部）
傳　　真　出版部　(02) 27990909　行銷部 (02) 27993088
郵政劃撥　50404557
戶　　名　三日月書版股份有限公司
發　　行　三日月書版股份有限公司/Printed in Taiwan
初版日期　2019年6月

國家圖書館出版品預行編目(CIP)資料

少女王者 / 帝柳著.　-- 初版. -- 臺北市：高寶國際出版：三日月書版發行, 2019.06-
冊；　公分. --

ISBN 978-986-361-675-7(第3冊：平裝)

857.7　　108002414

三日月書版

三日月書版

GOBOOKS
& SITAK
GROUP©

GOBOOKS
& SITAK
GROUP ©